パウル・ツェラン

ことばの光跡

飯吉光夫

白水社

パウル・ツェラン——ことばの光跡　目次

装幀＝奥定泰之

パウル・ツェラン——ことばの光跡

第一章　亡きパウル・ツェランへ

亡きパウル・ツェランへ

ついこのあいだのことに思われる五月の十三日、あなたの訃音に接したとき、ぼくのなかで金切声をあげて彼方へ没していく一つの声がありました。それは驚いたぼくの声のようでもありあなたの声のようでもあり、それをつくづくいま考えるのですが、それはあなたの作品のことばたちが最後に発したもはや聞こえない声、カフカの小説の主人公たちが最後に作品を閉ざされてその向こうに閉めだされていくときの声、カフカの読者が作品のなかをめぐり歩きながらも聞きあてることができず、しかも巻を閉じた直後に聞いてしまう作者の真の声、なまの声、それをぼくは、何と、作品の作者であるあなたの生身の死によって、現実のものである部屋の、現実のものである電話口の、現実のものであるぼくの奇妙な叫び声の、しかしそれはやはり不可視不可聴の彼方に聞いたように思ったのでした。

読者がつくる空間は、作者がつくる空間同様、あくまで架空のものです——ですからぼくが聞いた声は究極には疑似のものにすぎないものですが、それとはちがう真の声を、引きのばされ絶えいっていった真の声を、セーヌ川へ身を投じていくあなたは聞きつづけたのでしょうね。

あなたの情けないとしかいいようのない朗読の声を、ぼくはレコードを通じて知っています。オーデンのパトスがあなたの場合はもっと弱いものになってあやうくもちこたえている、あやうくことばにつぐことばを連ねさせている、そのような初期の詩の口調を知っています。脆さがデリカシイになって、あなたが呪っているものであるはずの怨敵ナチスにまつわることばをさえ、まるでいたわるように発せしめている、するとあなたの呪いの全体は、詩のすみずみまでをひたす何処にも呪いの片鱗をすらうかがわせぬほどに優しいエネルギーに転化させられていて、ぼくにはその耐えているあなたが正視できぬほどに痛ましいものに思われるのでした。

あなたは権威というものとおよそ関係のない存在でした。ぼくが資質上あなたに最も近いと考えるホフマンスタールすら晩年にもってしまった代表者意識、リルケやゲオルゲやベンやありとあるこれまでの偉大といわれたドイツの詩人たちがどうしても持ってしまった何ものかを代表しているかのような意識、それとおよそ無縁なところにあなたは一生涯、まるで普段着姿のままに暮らしつづけていました。風采のあがらぬセーターを着て、恰好のつかぬ襟を出し、しかもあなたの眼は鬱積のうちにも虐げられたもののみが知る隅ずみまでの優しみをこめて、あるときは日蔭でひっそりと、あるときは日向で眩しげに写っているのでした。

あなたはいかなる公人でもなく——そのためのあなたのことばの分からなさはドイツの若い詩人から非難を浴びましたが——いわばひとりで閉じこもったきり、せめて愛することのできるただひとりの〈あなた〉を求めたのです。もはや何人をも愛することができない、もはや何人からも愛されることがないという極限にまでユダヤ人収容所のなかでのあなたは追いつめられたのです。あなたは生き延びた、そしてあなたの両親そのほかの家族はすべて殺されたと文学史家は伝えています。その者らのひとりひとりにあなたはたえず〈du〉《あなた》と呼びかけましたが、それがあまりの優しさをたたえてしまったとき、あなたにも恋人が——しかも如何ともしがたく死の影を帯びてしまっている——あったのだな、とぼくはかすかな安らぎをおぼえもしましたが、〈du〉《あなた》は死んだもの、殺されたものばかりではない、死ぬべきであったもの、殺されなければならないもの、それはそれぞれにあなた自身でもあればあなたにとってかけがえのないものであったはずのユダヤの神でもあったことを知って憂いの眉を、ぼくはひそめるのでした。

あなたにまつわる運命——あなたはこの地上への生還の時期を一九四四年のナチスドイツからの解放とともに二十三歳で迎えました。そしてその二十六年後の一九七〇年四月末、あなたはみずから命を断った。戦後の一日一日があなたにとって奇跡のような毎日であり、だからこその一篇一篇がひとつの言い切りであるようなあの詩群が書けたのでしょうが、その七冊の詩集のなかでのあなたははっきりと、ユダヤ人収容所の絶望から狂気をへて死へいたるプロセスをくり返しているのでした。そのような詩作はすべて文字の上だけのものであり、かつての絶望のくり返し、現在の佯狂《ようきょう》であり、現在の仮死であると信じきっていたぼくの何という愚かさでしょう。あなたの詩集は——と、いまぼくは悔しみをこめて悟ります——戦争後の、あなたの後半生の、二十六年をかけての遺書だった。そしてあなたの自殺は、いかにもあなたらしい、二十六年間かけての緩慢な自殺だった。このプロセスが一日一日のあなたを生き返らせていたし、死なないで生きている意味を、からくもあなたに与えていたのでした。遺していくことばを語るためにのみ費やされたあなたの日々、それはまさしく確認されていく一日一日だったし、ことばがもはやこの世のものとは思われないほどまでに純化されていく一日一日であったし、しかもその途中であなた自身が、ことばをあやつることに気をとられて、ことばの解体作業にのめりこんだり、自嘲におちいったり、自虐や淫蕩さへひたりこもうとしたとき――そのとき読者としてのぼくはむしろ、遊戯者として――最も幸福であったとさえ今にして思えるのです。

遊戯としての芸術に耽っていた読者が作者の死というまったく作品外からの報知をもたらされたときの顔色の変りぶり、寝そべっていたものが急にはねおきなければならなかったその慌てふためきぶりをご想像ください。

狂気や自殺への予感を、何かひとつのスリルのようにして味わっていた読者をお笑いくださ い。

あなたは……あなたのあとから、あなたの魂の保護者ともいうべきネリー・ザックス女史が亡くなられました。あなたの訃のもたらされた五月の十三日、それは何という日だったでしょう！　電話を受けた二時間後に配達されて来た夕刊はネリー・ザックスの死去を伝えていました。衝撃死《ショツク》だよ、衝撃死《ショツク》だよ、とぼくは友人と電話で冗談のように言いあいました。あなたとユダヤ的な運命を共にし、しかも最後まで神への信仰を捨てなかったネリー・ザックス。ぼくはあのとき、あなたの死を伝えられたしばらくあと、もう誰もいない、だけどあなたが一度はその前に泣きくずれたことがあるにちがいないネリー・ザックスにだけは電文を打とうか、〈Tränen《なみだ》 Tränen《なみだ》〉とでも電文を打とうかと坂道をかけおりながら本気で考えていました。

　あなたの詩は——と、ぼくがおこがましくもあなたの詩集をテキストに使っている小さな読者グループの一メンバーは言いました——どこかへ連れていく、と。ぼくはそれがどこなのかを読者として、より多くあなたの作品に接している読者として、言えたように思います。あなたの詩は氷河を越え、非情の境、真空の圏を通りすぎていって、しかもやはりひとのいるところ、しかもそれはひとではないもの、つまり屍たちの居並ぶところにおもむいていったのです。その屍が母親ならば、常人でも思わず声を掛けるでしょう。その屍に対して、あなたは何度も何度も〈du《あなた》〉〈du《あなた》〉をくり返していました。その屍を自力で、神の力によるのではないみずからのことばの力でよみがえらせよう、それに生命を与えよう、それを賦活しようと試みていました。ぼくには、あなたの詩作の一度一度ごとにそれが十分に成功しているように思われていました。しかしあなたには、あなたの詩作の一度一度のあとごとにそれはふたたび死に絶えていった、再び亡い人に戻っていったのでしょう。そのたびごとにあなたは無意味な死者の前にたったひとりで立ち、いかなる友人もかぎりなく遠いものになってしまう真空のなかにひとり立ち、息をつまらせながら、なお生きつづけることの、生きながらえることの意味づけのための、ことばによってこの事態に意味を与えることの、果てしない試みに再度立ち向かっていったのでしょう。

あなたがぼくをしっかりととらえてしまったのは、疲労した通勤帰りの地下鉄のなかでした。そのころのぼくは文学からは遠のくばかりの職場での激しい労働のなかで、だからなおさらともいえますが、十分に分かりもしないあなたの詩集を虚仮の一念のように持ち歩いていました。ぼくの頭は当時およそ文学の、ましてや横文字のことばなどというものを受けつけなかった。するとある日、学生時代実は一度出くわしていたあなたの詩の一節が飛びこんできたのです。それはリズムを、忘れていた詩の、生のリズムをぼくに回復させました。そのリズムはベートーヴェンの、いや優雅さという点ではセザール・フランクのそれに近いリズムでした（そのころぼくは音楽を、自分には最終的に責任をとれないものとして、放棄していました）、そしてそのリズムがあなたの窮地に追いこまれたときのリズムなのだ、そのときのままいまも切迫しているときのリズムなのだと気がついたのは、ようやく直接の肉体労働からは切り離された、幾分でもゆとりを見出せる最近になってからです。

　読者としてのぼくはあなたの同伴者にすぎません。同伴者は方向を示されたまま黙って従《つ》いていくものです。あなたがにせの死への道をたどっているように思われたとき、ぼくはむしろわくわくしながらあなたに連れそっていたのですが、あなたがほんとうに死のなかに跳びこんでしまったいま、ぼくがどれほどの狼狽と慚愧にとりつかれているか、御想像下さい。あなたはぼくの横をするりとすりぬけて本物の死のなかへ跳びこんでいった。取り残されたぼくはその深淵をのぞき見て、もちろんそこは、いずれはぼくも一人の人間としておもむくところ、しかしこのように長年かけてここまでひとりで歩いてくるのはむつかしいな、と思うのです。

深夜タクシーを乗り捨てたあと、ひとりとぼとぼ帰ってくるときなどの、どうしようもなくひしひしと迫ってくるあのただひとりの感じ、それがぼくの日常生活の底にある生そのものの実感なのでしょうが、この世にあなたをつなぎとめるべき何ものもなく、ただこの世ならぬ別の世界の何ものかに〈du《あなた》〉と呼びかけてそのものをあらしめようと願い、その試みが常により深部にある〈わたくし〉の確認に回帰しながらも、またさらに〈わたくし〉のそとにある〈あなた〉への探索に乗りだしていったプロセス、あなたが〈芸術《クンスト》とともにきみのかぎりないきみ自身のせまさのうちに入れ、そしてきみ自身を解放せよ〉と定言したプロセスのさびしさ、無人の境をいくかぎりのないさびしさ、それにぼく自身どこまで耐えられるかなと疑問に思うのです。

あなたは決して道学者ではなかった、求道者ですらなかったとぼくは思います（でなくてどうしてあなたの詩のようなたよりなさ、切なさ、一回ごとの弱よわしさが生まれましょう?）。あなたの歩んだ道はあなたの歩まされた道、奴隷の道だったのだと思います。あなたは手負いの弱い生き物、生きつづけ歩みつづけるかぎり傷口とともにあるもの、いたみを体中に感じつづけるものだった。あなたはその傷心を決して癒そうとはしない、一作ごとに宿駅は見つかったように見えながら、その間隙を行くときのあなたはその傷口をますます広げ、痛みをますますつのらせていた。それだけが生きながらえる、なお生きている意味だとあなたは観じていたようにさえ思えます。

暗い谷間から出て眩い氷河の彼方にまでのぼりつめていく道——それが四半世紀にわたるあ

なたの七冊の詩集のプロセスでした。死者への身近な共感の暗鬱さから歌い出したあなたは、やがてその死者たちのたたずむ国への旅立ちを試みて、この呼びかけはくり返しくり返し必死に、しかしそのことばつきは隠微といえるほどまでに甘美で誘惑的におこなわれながらも、その試みのむなしさは疲労や虚脱や放心を生み、死者たちのためにははなむけとなる眩暈からの幻想を生み、しかもやがてわれに立ちもどったあなたは今度はことばの解体や再組成による神の抹殺や死者の復活を試みながら、次第に自嘲と自虐への傾向を強めて狂気と紙一重のところまで達し、理不尽な光明を現出させるごとにその光明への到達、自己からの脱出、つまり死を待ちのぞむようになっていった。自殺とは自分のそとにのりだす行為、あなたの詩が究極のものとして待ち望んでいたこの世ならぬ〈du《あなた》〉との合体、それを身をもって示すことであったのですね。

そこに至るまでの長い道のり――それをぼくは懐しく想い起こします。あなたにとっておそらくは仮死の状態ともいうべき眠りこそが、この生のなかで最も幸福な時間だった。長い眠りののちの〈明日〉ということばをあなたは使ったことがあり、それにまどわされてぼくは、あなたがまだまだ詩を書きつづけていくことに楽観的だったのですが、そのようなことばさえすでにあなたの自殺を決定づけていたのですね。夢のなかでさえ、夢のなかの生起としか思われない詩の内容のなかでさえ、あなたは暗中模索することを、見さだめのつかぬものをまさぐり求めることをやめなかった。あなたにとって最も親しいものであるべき〈du《あなた》〉を、まるで胎児のように無意識にあなたは終始もとめつづけたのですね。

そのような眠りや夢からも離れてあなたは、もっと本物のまぎれもない〈du〉《あなた》をみずからの手につかみとろうとした。それはそのような意思のないものから見れば滑稽千万の絵空事ですが、あなたの芸術《クンスト》の出発点は現実的な事柄に根をもつための切実な要求、絵空事をもあらしめずにはおかない促しだった。

理不尽な現実に立ち会わされ、しかも死なないで生きていく意思をもつためには、あなたはこの理不尽さのなかにも〈意味〉をもとめなければならなかった。〈意味〉への問いかけ、それがあなたを、あなたを笑うものから劃する一線です。そしてもともと不可知なものであるかも知れないこの生の意味にすこしでも意味合いをあたえるためには、あなたはせめてこの地上に最愛のものをもとめる必要があった、しかしながらそのものは、もはやこの地上のものではなかった。そのためにあなたは歌い、最後にはそのもののもとへ死んでいったのでしょう。

ぼくは今度の〈事件〉で東京中を歩きまわりました。大学の研究室や洋書の輸入店や放送局、大使館、研究所、国会図書館などを訪ねまわって、五月初旬のドイツ、スイス、フランス、イギリスの各紙をしらみつぶしに調べました。「いつから情報屋になったんだい」と笑われもしました。笑われながら探すうちに、あなたの死がただ〈自殺〉だと決めつけられていることに気がつきました。遺書があったとも何とも記されていません。確実なことはただ、あなたの遺体が死後何日かたって引きあげられたという、この世に関する事実だけです。しかしぼくも、それを読んであなたの自殺を鵜呑みにするだろう多くの読者同様、やはりあなたの自殺を信じたいと思います。あなたのこれまでの七冊の詩集に書きこまれてきたことばのプロセスそのものが、それを証明しています。

あなたの晩年が精神錯乱の症候を見せていたという記事には、しかし、保留つきでなければ同意できません。あなたのようなプロセスをとった人間の日常が、たとえば生きているものを極端に怖れるといった外見をとらないことがどうしてありえましょう。外目には異常に見えようとも、あなたのような詩的出発点をもつ人間が自殺へいたるまでにたどった内面の進行は、正常な必然的なものであったとぼくは理解します。

あなたほどの詩的出発点をもつ詩人はといえば、日本ではさしあたり石原吉郎などが思いあたります。しかし、詩人とは限らず誰しもが、あなた同様に確実な生の終着点、死をもちます。道草を喰うか喰わぬかの違いです。しかし生涯あなたほどの汚辱にまみれなかったものは、誰しもが、あなたほどにはひたすらな死への道、一日一日がはっきりと作品によって日付けされていく死への道はたどらないでしょう。今ぼくがあなたに見るのは、その道を歩いていった足どりと、しかしながらいかなる自殺者にもみられないといっていいほどの優しみにみちたその足どりです。弱よわしげに脆げに、しかしあなたに出会う何ひとつをも見逃がさぬ繊細な心くばりをもってあなたはこの二十五年間を過してきたのでしょう。それは従来の詩人にみられがちないかなる倨傲、いかなる孤高をもってするものでもなく、ただひとりのパリのエトランジェとしての、果たされなかったあなたとの出会いのパリの地に、しかしながらいま行ってもひょっこりとそこらへんから現われそうな身軽な姿の毎日だったでしょう。

しかしその眼は悲しげで苦しげで、ぼくはいまもあなたのその写真をのぞき見るのですが

（あなたがネリー・ザックスに寄せた詩のように）、その眼がおのずからその口に喋らせているあなたのことばは、このさきまだいくらでも読みこんでいけるあなたの詩集に収められていることばであり、それを読みほどいていくよろこびを、ぼくはあなたの読者として、ごたまぜのぼくの生のなかにあって、このさきまだもてると報告するものです。

（一九七〇年十一月）

Ich《わたし》の闇へ

読者とは勝手なものだ。ツェランがもはやこの世にいないと聞いたその日から、ぼくは彼のこれまでの詩、そして彼の死後出版された『迫る光』に収められる詩をも、ふりかえってみるようになってしまった。ぼくの眼にはいまツェランの詩篇の数々は――どうしようもなく――ひとつのさびしい星が落ちていった、その星のあとにひく光跡のように思われる。落ちていく主体の本心は、かなりな歳月をかけて彼の詩を読んできたつもりのぼくにも、まだ理解できたとは到底言いきれない。何よりもぼくには、このパウル・ツェランという詩人が絶対に自分を生かす方向への試みをあくことなくくり返していると思われていた。彼は詩によって、詩とともに、死なずに生きつづけるだろうと思っていた。

自殺という行為の主体の動機は、今回の場合、その主体のみが抱きつづけて落ちていったものだ。そこには余人を排除する当人のみにしかうかがうすべのないいきさつがあり、生き残ったものはあれやこれやの結局は醜いものでしかない臆測をたくましくする。

逆にいえば、読者にとっては、自殺などという作者の行為は、折角読み進んできたこれまでのいきがかりをどうしてくれると糾問したいほどのもの、こちらの存在を無視された全くの非礼としかいいようのないものだ。

少なくとも作品を発表してきた作者としてのパウル・ツェランは、彼の読者のことを考慮に入れるならば自殺するべきではなかった、でなければ彼は、一体何のために外に発表しつづけてきたというのだろう。

ふりかえってみると、彼の詩篇のすべては自殺前のいいおきの実にすばらしい韜晦だった。じりじりと筆をすすめ、筆をおいたときがすなわち、彼のもう読者には見えない彼方への跳躍だった。

ふりかえってみると、というこの視点——それは今のぼくにまといついた実に邪悪な史的な視点だろう。ぼくは当人ではない、それをいいことにして、彼の死後からながめた彼の詩篇を、あれこれ結構な美辞麗句で飾りたてようとするのだ。

ぼくはむしろ、彼の生きていたあいだ分からないなりに読んでいたかれの詩への自分なりの接近のプロセスが懐しい。そのようなときぼくは、この作者が生きている間に味わっていたらしい屈辱感を多少とも感じとっていて、彼の書くプロセスを自分の読むプロセスが追っていると幻想することができたからだ。

この幻想を、パウル・ツェランは、こなごなに打ち破ってしまった。彼の跳びこんでいった先は戦後の二十五年間彼の詩のなかで歌われつづけた〈du《あなた》〉の居る場所で、この〈du〉には読者としての自分も含まれうるという幻想を、ぼくはこの先微塵も持ち合わすことができない。

作者はむしろ、作者の死はむしろ、闇から闇へ葬り去られたほうがよかったのだと彼の死を怨む読者は思う。

ツェランの死が確定してから、彼の詩のなかの字句のひとつひとつが、あまりにも思いあたる節が強くなった――これは一つの愚痴だろう。流星の落ちるのを眺めた傍観者の詠嘆の科白だろう。

彼のプロセスはわれのプロセスたりうるか？　詩を書く者の、ではなくて、詩を読む者のいかがわしさは、古来この一点につきるように思われる。詩を読む者は我を忘れ、そのため自分の生の地盤を忘失してしまう。

自分も一箇の流星であること――あまりにも鮮烈な尾をひいて落下していった一つの星を眼のあたりにして、そのような軌跡、生の軌跡を、たとえジグザグであれ描きつづけているのが自身の場合でもあることを思い知るのが、パウル・ツェランのような作者に対する読者の唯一の感応のしかただろう。

あらゆる先入見よ吹き払われてあれ、と思う。パウル・ツェランが残していった彼にまつわる取り沙汰の数々――何よりも彼が今年の一九七〇年の春、四月下旬から五月初めにかけて、パリで自殺した詩人であること、彼が一九二〇年生まれのユダヤ系のドイツ詩人であること、両親をナチスによる迫害のため失っていること、戦時中強制労働に従事させられていたことなどは、一旦はすべて忘れられてあれ、と思う。作品外のそのような記憶を残したこと――これが詩人パウル・ツェランの唯一の汚点である（この点での完全作者はやはりシェイクスピアだろう）。その不純さ——人間らしさ——の故に、かれの死も汚辱にまみれたものとして今ぼくの眼の前にある。

　生まれ、生き、死んだ、という過程を彼ほど克明にたどった作者はそう数多くないだろう。大方の場合、芸術作品は作者自身にとってもある程度彼の実際の生からは切り離された所で、作者自身の日常からは遊離した所で制作される。芸術の虚空間と日常の実空間とは目に見えない糸によってしかつながっていないという視点のほうが作者にとっても実りをもたらすことが多い。生まれ、生き、死に、という意識が強すぎるとき、創作は日常性に足をとられて健全な歩みを妨げられるといった場合のほうが多いだろう。ツェランの場合悲劇的だったのは、彼がこのような二元論、二段構えをとらなかったことにある。彼は実に単純な芸術家の一生を貫き、そこでは詩作という行為は日常の生活に先立って進んでいくものだった。人間は願望や希望にみちびかれて生きていく、という意味ではこれはおよそ自然で、とりわけ芸術に生きる人間の生きかただった。これがあまりに徹底して行なわれた場合にはどうなるかを、芸術家、文学者としての彼の帰着点は示してしまったように思われる。

　彼の詩は〈du〉《あなた》ということばを追って行き、その際追って行く〈ich〉《わたし》は生身のわたしと切り離せないものであり、しかもその〈du〉《あなた》に〈ich〉《わたし》が追いついたとき、それは彼岸のあなたとの合体となって、詩人としてのツェランともども彼の生身をも拉し去ってしまったように思われる。

おそらく彼は——ぼくなりの勝手な臆測をつづける——この〈du《あなた》〉をでっち上げたということになるのだろう。神を否定し彼岸を否定するかれはこの地上に労働収容所体験以後もはや愛する何人をももたず、あとはただひたすらに〈ことば〉によって彼の最愛のものをあらしめていくほかなかった。そのきわまりの絶望がだろうか？　希望がだろうか？　がかけがえのないみずからの生を断ちきるという真のあかしによって、生身の〈du《あなた》〉の非在あるいは——ツェランの追悼のためには——存在こそを、見きわめさせることになったのだろう。

すべては臆測《マイヌング》、すべては臆測《マイヌング》というツェラン自身の詩句が、こう書いているぼくの胸に突きささってくる。この臆測の域を出るものをしかと見とったのは、このように忍耐づよい詩作の試みの最尖端からついに身をおどらせた本人以外いないだろう。

彼がそのとき光明を見たと書けば美辞麗句になる、光明を見なかったと書いてもそれまた臆測にしかすぎない。彼は彼ただひとりの運命の流星にのって落ちていったのだ。ぼくは彼の死を知った途端、これまで書きつがれてきた彼のすべての詩を一つの光跡のなかに見てとったようにも思い、いろいろと思いあたる節が多く、自分も自分の星にのっている一人の人間であることを思い知らされ、衝撃を受け、そのあとこのようにまやかしの言葉を書きつらね書きつらね……

（一九七〇年十月）

ツェラン素描

パウル・ツェラン Paul Celan は、一九二〇年十一月二十三日、旧ルーマニア領、現ウクライナ共和国内のチェルノヴィッツで生まれた。両親ともにこの地のユダヤ人で、父は建築技師だった。

ツェランの一家がいつごろからチェルノヴィッツに住みついたかは明らかでないが、この地方は十六世紀の初頭以来オスマントルコ領であったものが、一七七四年、オーストリアに委譲され、以後西方からの植民によって経済的にも文化的にも繁栄したところである。ツェランの生まれる一年前の一九一九年に、第一次世界大戦の戦後処理としてルーマニアに譲り渡され、第二次世界大戦中の一九四〇年以降には、首都チェルノヴィッツを含む北部が、ソ連邦ウクライナ共和国に編入された。

戦後のチェルノヴィッツにはかなりたくさんのドイツ語を話すユダヤ人が住んでいて、彼らは多く中流以上の家庭に属していたが、そのような家庭の一員であったパウル・ツェランは、ギムナジウム卒業後、当時のルーマニア一般の良家の子弟たちの例にならってフランスに赴き、一九三八年の十二月から翌年の七月にかけて、トゥール大学医学部に籍を置いている。しかし、翌年の夏に帰郷してからは再び彼地に戻ることなく、故郷チェルノヴィッツ大学でフランス文学を学んだ。

第二次世界大戦勃発後の一九四一年から四三年という二年間は、ツェランの五十年の生涯において悪夢のような年月であったと思われる。すなわち、戦下の一九四一年七月、その一年前にいったんはソ連領となっていたチェルノヴィッツにナチス・ドイツ軍が侵入するや、占領下のルーマニア政府の軍の協力の下に、直ちにユダヤ人への迫害が開始されて、チェルノヴィッツに住むツェラン一家もユダヤ人居住地区に隔離された。

やがてドイツ軍の手によるユダヤ人の移送が始まった。行き先はチェルノヴィッツ近くのトランスニストリアの強制収容所だった。ただし、奇妙なのは、このユダヤ人狩りは土曜日の晩にしか行なわれないことだった。ツェラン一家は、ツェランの女友達ルートの紹介があって、この土曜日は避難のためルーマニア人の一篤志家の工場に泊まることになった。しかし、同様の動機から一度親戚宅に泊まったことのあるツェランの母親は、そのときの苦い経験からもう金輪際よそには泊まろうとしなかった。父親もそれに同調した。息子ツェランがどれほど勧めても、二人は肯《がえ》んじなかった。月曜の朝、ひとり避難したツェランが家に帰ってみると、両親の姿はなかった。列車で移送されたのだった。

一九四二年八月、それまで南ブーク河畔の収容所に収容されていた両親のうち父親はもともと建築技師だったため、技術者を収容するガイシン市の収容所に連れて行かれた。しかし、力が衰えたため射殺された（あるいはチフスで死亡したともいわれる）。

一九四三年、ツェランは逃走してきた一人の親戚から、ガイシン市近くの収容所にいた自分の母親が「うなじ撃ち」によって殺されたことを知った。

ツェランは一九四一年以来、当時組織された労働奉仕団に入団していた。これはユダヤ人の十八歳から五十歳までの男性を対象にしたもので、移送を防ぐ唯一の手段だった。この強制労働への従事者は、まずモルドワ州のタバレスティという村で収容所の建設に当たった。その後、そこに住んで、炎天下にシャベルで掘りつづけるなどの苦役に従事した。この時期、収容所の休日に、ツェランは小さな黒い手帖や用紙に詩を書きこんでいた。

一九四四年二月、ナチス・ドイツの力が弱まり、強制労働に従事していたユダヤ人たちに休暇帰宅が許可されるようになった。ツェランはチェルノヴィッツに戻り、この時期をもっぱら女友達ルートとその両親宅で過ごした。同郷の女性詩人ローゼ・アウスレンダーと知り合いになった。

同年四月、ソ連軍が戦うことなくチェルノヴィッツ市に進入した。今度はソ連軍による強制労働、そして徴兵の危険がツェランに迫った。ツェランは知り合いの医師に頼みこんで精神科の助手になった。住居は元の両親の家でよかった。ソ連管轄下のチェルノヴィッツ大学で英文科に入った。黒い手帖には、すでにこれまで自力で翻訳したシェイクスピアのソネットが書きこまれていた。これまでの体験であきらかに人が変わり、ユダヤ的なものへの関心が高まった。シュタインバルクのイーディシ語の寓話を朗唱したり、ユダヤ教寺院で唱えられる新年の祈りのメロディーを口ずさんだり、マルティン・ブーバーの著作を熱心に読んだりした。

詩作が天職となり、運命となった。それまで書いてきた詩を清書し、二冊の詩集をつくった。

一九四五年四月、ルーマニアの首都ブカレストに向かい、ここに二年間留まった。ロシア文学をルーマニア語に訳す仕事をした。ブカレストでの友人だったソロモンは彼のことを「苦悩の重荷の下にありながら頭を高くもたげている青年、ルーマニアの諺《ことわざ》にいう不幸を冗談に言いくるめる」人間と言いあらわしている。ツェランは言葉あそびの好きな人間、機智《ウイツト》をあたりにふりまく人間だった。旧知のアルフレート・マルグル＝シュペルバー（ツェランという筆名を考え出したのは彼の妻である）や、当地のシュルレアリスト連中と付き合った。夜には自室で詩を書く日々が続く。

一九四七年十二月、パウル・ツェランはトランクの中に一束の詩稿を収めて、ウィーンに向かった。ブカレスト時代の詩人仲間アルフレート・マルグル＝シュペルバーからウィーンの文芸雑誌『プラーン』の発行者オットー・バージルに宛てられた紹介状には、その結びの文句として――〈……ここに見られるのは、いわば詩的現実世界の宇宙的霊気のようなものです。情動的なもの、朗々たるひびきをもつもの、幻視的なもの、それらすべてが、現実から別世界へ移しかえられた様相をもっています。連想《アソシエーション》は新領土を（言葉の新領土をも）まさぐる夢の連想です。わたし個人としては、この『骨壺からの砂』は過去数十年のドイツの詩集中で最も重要なもの、カフカの諸作品と好一対をなす唯一の抒情的作品であるとひそかに考えています〉と記されていた。

ツェランが携えていったこの詩篇『骨壺からの砂』は、翌年一九四八年の春、ウィーンの書店A・セクルスから限定出版された。しかし、当時の悪い出版・印刷事情を反映して、この処女詩集には致命的な誤植があまりにも多すぎたために、ツェランは全五百部のうち僅かの部数を残しただけで、あとはすべて廃棄したという。

『骨壺からの砂』に収められた詩篇のうち十五篇ばかりは、ウィーンの雑誌『プラーン』に別掲載されている。戦争直後の当時のウィーンには、ギュータースローを中心とする詩人や画家たちの集まりがあり、『プラーン』のほかにも数種の文芸誌が出版されていた。したがって、ウィーンはツェランにとって決して文学的環境として恵まれない土地ではなかった。ウィーンではエドガー・ジュネ、インゲボルク・バッハマン、ミロ・ドール、クラウス・デームスらと知り合った。このうちバッハマンとは一九四八年一月に知り合い、非常に早く肉体関係を持った。当時東欧から移ってきた詩人たちにはこのウィーンを通過してやがて西欧諸国の首都などに移っていった例が多く、ツェランもこのウィーンには半年ほど滞在しただけで、同年七月には席のあたたまる暇もなく、早くも曾遊の地フランスに赴いている。

一九四八年から二年間、パリのソルボンヌ大学で学び、ドイツ文学と言語学を修めたツェランは、一九五〇年、文学士の称号を取得。同大学の講師になると同時に、翻訳家ならびに自由文筆家としての生活を開始した。

一九四九年、パリ在住のイヴァン・ゴルを訪ねた。ゴルは白血病に冒されていて、余命いくばくもなかった。ゴルは自作のフランス語詩集をツェランに贈り、その独訳を依頼した、これが後々まで禍いした。ゴルの死後、未亡人がツェランをゴルの作品の盗作者呼ばわりして、これがツェランの死の時期まで続いたからである。この間、彼を慕ってパリへ出てきたバッハマンと関係を持つこともあったが、その関係も断ち切って、一九五二年、銅版画家のジゼル・レストランジュと結婚した。翌年生まれた長男は生後まもなく死亡、一九五五年に次男のエリックが誕生した。晩年までパリでの定住生活は変わることがなかった。

ドイツ語教師の職のかたわら、生来の語学力にものいわせて、フランス語、ロシア語、英語、イタリア語、ヘブライ語、ポルトガル語などからドイツ語への詩の翻訳、あるいは（パリ時代以前には）ロシア語からルーマニア語への翻訳の仕事も行なっている。フランス詩としてはネルヴァル、ボードレール、ランボー、マラルメ、ヴァレリー、アポリネール、シュペルヴィエル、デスノス、アルトー、エリュアール、シャール、ミショー、ケロール、アンドレ・デュ・ブーシェなど、ロシア詩としてはブローク、フレブニコフ、マンデリシュターム、エセーニンなど、イギリス詩としてはシェイクスピアの三行詩、それにアメリカの女流詩人のエミリー・ディキンソン、現代女流詩人のマリアンネ・ムア、イタリア詩としてはウンガレッティ、さらにはイスラエルのロケア、ポルトガルのペソアらの詩の翻訳がある。

パウル・ツェランの名が一般に知られるようになったのは、一九五二年秋、彼の『罌粟《けし》と記憶』が出版されてからである。この年の春、ツェランは招かれてハンブルク近郊で行なわれた〈四七年グループ〉の会に出席した。〈四七年グループ〉というのは、第二次世界大戦後のドイツ文学の主流を占めたといってもいいドイツ語圏文学者たちの集まりで、詩人としてめぼしいメンバーだけをひろっても、エンツェンスベルガー、ギュンター・グラス、インゲボルク・バッハマン、ジョナサン・ボブロフスキー、ギュンター・アイヒなど枚挙にいとまがないが、毎年一度行なわれた彼らの集まりは、朗読会と討論会を主体とするものであった。パリから参加したツェランも自作の詩の朗読を行なったが、これが直ぐシュトゥットガルトの一出版社の代表者の心を動かして、詩集『罌粟と記憶』の出版の運びとなった。この詩集には前述の廃棄された処女詩集『骨壺からの砂』の大部分も再録されているので、これを第一詩集と呼ぶ。

『罌粟と記憶』に含まれている「死のフーガ」はツェランの詩篇中最も有名なもので、戦後ドイツ詩中随一のものとしてよく引合いに出されるものである。例外のない解釈は、この詩を戦時中のユダヤ人強制収容所（ツェラン自身は強制収容所ではなく強制労働に従事させられていた）の光景と見ることである。しかし、一篇の詩と、その詩のなかに直接には言及されていない歴史的事実とを結びつけて読む行為は、実は、詩を読む行為のルール違反ではあるまいか？

要は作者の側にあるだろう。ツェランは果してこの「死のフーガ」の詩篇の中に強制収容所という歴史的事実が盛りこまれていることを、暗黙裡に読者が認めてくれるよう求めているか？　答えは——暗黙裡にそうである、としか考えられない。ツェランの詩は強制収容所ぬきには考えられない、というその一点において、彼の詩と彼の生とは密着している——癒着しているというべきだろう。〈アウシュヴィッツの後になお詩を書くのは野蛮だ〉というのはアドルノの有名な一句だが、ツェランは、暗黙裡に心をアウシュヴィッツにとどめることによって、この「死のフーガ」の詩を書いた。彼の詩の多くはそのような芸術的反則の上に成り立っている。

第一詩集『罌粟と記憶』のトーンはどのようなものだろうか？　その代表としての先の「死のフーガ」は、ただちに喪の歌、挽歌の調子を想わせる。像《ビルト》として連想されるのは、ツェランの妻であったジゼル・ツェラン＝レストランジュの銅版画で、それは例えば、ちらばる骨片、集め整えられる骨片、きよめられて昇天する骨片を想わせるものだった。ツェランは『骨壺からの砂』を含むこの『罌粟と記憶』の中で、眼前の死者の骨片のちらばりを死者のものと信じきれず、死者の面影をひたすらに追い、しかもその悲しみのうちにやむをえずその骨片を集め整える。

第二詩集『敷居から敷居へ』は、一九五五年に出版されている。ここでは死者たちが息づいている。ツェランの想いは、常に、詩の中でしか果たされない。詩のレゾン・デートルが分明であると同時に、その分明さへの焦燥のようなものも、早くも顔をのぞかせている。

一九五八年、ツェランはドイツ国内の賞であるハンザ自由都市ブレーメン文学賞を受賞した。短い受賞講演を行なっているが、その中には――〈もろもろの喪失のなかで、ただ「言葉」だけが、手に届くもの、身近なもの、失われていないものとして残りました。……しかしその言葉にしても、みずからのあてどなさの中を、おそるべき沈黙の中を、死をもたらす弁舌の千もの闇の中を来なければなりませんでした。言葉はこれらをくぐり抜けて来て、しかも、起こったことに対しては一言も発することができないのでした、……詩は言葉の一形態であり、その本質上対話的なものである以上、いつの日にかはどこかの岸辺に——おそらくは心の岸辺に——流れつくという（かならずしもいつも期待にみちてはいない）信念の下に投げこまれる投壜通信のようなものかもしれません。詩は、このような意味でも、途上にあるものです——何かをめざすものです。何をめざすのでしょう？　何かひらかれているもの、獲得可能なもの、おそらくは語りかけることのできる「あなた」、語りかけることのできる現実をめざしているのです。〉という一節も見受けられる。

第三詩集の『ことばの格子』は、一九五九年に出版されている。全体にいって〈放心〉の趣きが強く、さまざまな幻想が導入されている。詩集の最後に置かれている「迫奏《ストレッタ》」は、作者自身がかつての強制収容所の構内を半ば放心して歩んでいるもので、非業の死を遂げた死者たちのために、色彩ある幻覚と神への讃歌が生じている結末部は、比類なく悲しく美しい。

一九五九年、ツェランとしては生涯にただ一篇きりの短篇『山中の対話』が書かれた。といっても、これは散文詩に近い文体のもので、反復の多い途切れがちなセンテンスが、山中で行き会う二人のユダヤ人のおろおろ声の、吃音の会話を伝えている。報告されるのは、三つの絶望である。第一は無意志の自然の異変（たとえば地震）についての報告——これはユダヤ人を自然力のように襲った戦時中の運命との照応だろう。第二に、そのような極限状況に置かれた人間たちの間に、もはや愛が存在しなかったという絶望——〈そしてかれらはぼくを愛さなかった、そしてぼくもかれらを愛さなかった〉は、生来はむしろエリュアール的な優しみをたたえているように見かけられるツェランにとって、非常に深刻な克服すべき問題であったように思われる。そして第三の絶望は、一見希望の形をとってあらわれる結末部──〈ここにいるぼく、かなたにいるぼく、愛することのなかったものらの愛におそらく──いま！──つきそわれて、この山頂のぼくまでの道をたどって来たぼく〉である。ツェランの詩のこころみは、このような堂々めぐりのくり返しのうちにも、何とか死者ならぬ生ある他者への、夢から醒めたときのような現実の愛を回復することではなかったか。普段のツェランは、異常なほど人怖じするたちだったと報告されている。パリにおいては、ボンヌフォワやジャック・デュパン、ルイ＝ルネ・デ・フォレ、ミシェル・レリス、アンドレ・デュ・ブーシェらとの季刊雑誌『レフェメール』の同人でありながら、交友はあまりなく、文字通りひっそりと暮らしていたという。妻ジゼルは、彼にとって看護婦のような存在だったのではないか？　ツェランがドイツへ旅行した回数は、朗読会のためとか文学賞受賞講演のためとかの限られたものだったらしいが、そのような際の彼はいつも極度に緊張したり、聴衆の前に出る以前の控えの間でがたがた震えたりしていたという。そのくせ彼は、聴衆のひとりひとりに対して異常なまでの心くばりを示して、彼の詩朗読の合間に咳をする者があると、どのようにして彼がそれを待ち、その相手を傷つけないような間合いで再び次の詩の朗読にとりかかるかは（録音のレコードで聞いていても）感動的なほどである。

戦争中、肉親を（そしておそらく恋人も）失った打撃がどれほど大きかったかは、はかり知れないものがある。生涯を通じてその痛手から立ち直れなかったことが、彼の病いでなかったかと思われる。先に挙げた〝投壜通信〟の詩論は明らかにイラショナル（不合理）である。あるいはまた、彼が一九六〇年にドイツで最も権威ある文学賞、ゲオルク・ビューヒナー賞を受けたときの受賞講演『子午線』の中の――〈つまりひとはいつも、詩について思うとき、詩と連れだってこのような道を行くものなのでしょうか？　この道は単なる回り道、「あなた」から「あなた」への回り道にすぎないのでしょうか？　しかも他にも道はあまたありますが、そのなかにも言葉が有声のものとなる道もあるのです。つまり出会いの行なわれる道が、一人のこちらの気配を感じとっている「あなた」へ通じる一つの声の道が、みじめな生き物の道が。それはおそらく存在の投企、自分自身を先立てて自分自身のもとへおもむくこと、自分自身を求めること……一種の帰郷です。〉も、詩論としておよそ非論理的である。しかし、ツェランがここで打ち明けたいのは、人に死なれた悲しみと人を愛しきれないさびしさにとりつかれた人間が、何とかしてその病いを克服したいという願いだろう。何人といえども多少はこの病いをもっている。しかし、それが深い傷にならないのは、多少とも日常の次元でそれらをまぎらす術を心得ているからだろう。それが健康というものだろうが、極度の深みで受けとめられたそのような悲しみなりさびしさなりが、一人の人間にとって不治の病いとなる場合もあることを、われわれは認めないわけにはいかないだろう。それはおそらくは、元来あまりに深かった愛からの病だと思われる。

一九六三年、ツェランは第四詩集『誰でもないものの薔薇』を出版した。ツェランはこの詩集によって詩人としての彼の生涯の絶頂に達したのではないか、と思われる。情念と詩法とが見事な均衡を保ち、どのように錯綜した心のひだにも繫辞や否定辞を駆使した伸縮自在なシンタックスがあますところなく入りこんでいる観を呈している。『誰でもないものの薔薇』の詩集の題名の取られた詩篇「頌歌」は、不在の神に向かって歌いあげられる祈りであり呪いであるだろう。奇妙な詩題の「さくそはな Hühediblu」は花咲《はなさ》く blühen を組み換えたもので、これはその中間に hühendieblüh という形態をとりつつ、結局は異様に燃えたつ薔薇のイメージ、その薔薇に組みこまれる死者たちの血のイメージを強めている。全体はナチスの兵隊たちによるユダヤ人処刑の場を歌ったものだろうが、Wann《いつ》, wannwann《いついつ》 Wahnwann《いいついつ》, Ja《そう》 Wahn《狂念》 などの類音による連想も、綴字転換同様、悲痛でいきどおろしい作者の胸中の真の表現になって、決して外型的な語呂あわせにとどまっていない。詩集全体にわたって、フランス・シュルレアリスムからの影響はコスミックな広がりを帯びて夜空にのぼり、ヘブライ的・旧約聖書的なものへの関心は暗澹たる土壌を下降して、作者自身の存在の根を探っているように思われる。

情念と詩法とのこの均衡が、一九六七年出版の第五詩集『息のめぐらし』あたりから、目にみえて破られはじめている。詩篇「わたしをどうぞ」などの非常に簡潔に言いきった例を除いては、多くが無理にも具体的な像《イメージ》なり喩《トローペ》なりにすがろうとして、すがりきれず離れる手のもどかしさばかりが伝わってくる。白い覚醒のイメージの詩が多いが、それも実は不眠による想念のさえかえりのようにも思われ、灼熱した詩のたかまりの部分には、作者の苦痛がかろうじて瞬時の解放を見出しているかのように思われる。この至高点が不吉な予感に満たされはじめるのは『息のめぐらし』の後半から、翌年早くも一冊にまとめられた第六詩集『糸の太陽たち』

にかけてだろう。狂念をはらむ作者の想いは、前人未踏のけわしい精神の領域へ身をのりいれているようで、ツェランはこのような受苦によって一層切実な人間的な感情を〈あなた〉から求めようとしているようにも見受けられる。このいくらか自虐をこめた苦渋のトーンは、第八詩集の『雪の区域《パート》』にさらに色濃いものだが、これが出版された一九七一年には、ツェランはすでにこの世の人ではなかった。

ツェランは一九七〇年四月十九日、パリのセーヌ川へ投身自殺をした。晩年の四冊の詩集の出版社ズールカンプの代表者ウンゼルト氏は、ツェランは重い精神病に脅かされてセーヌ川に死を求めた、と語った。同時に、同年七月にツェランの遺稿詩集の出版が予定ずみであることも発表された。第七詩集『迫る光』がそれであるが、翌年さらに一冊、ツェランの遺品のなかから発見された手稿として第八詩集の『雪の区域《パート》』が出版された（さらにその後一九七六年に『時の農家の中庭』が出されている）。

『迫る光』の最後に置かれた「あらかじめはたらきかけることをやめよ」は、あきらかに絶筆の色合をもつ。この詩集全体は、それ以後の二冊の詩集のような苦渋のあとをほとんどとどめていない。全詩篇はもはや〈迷走〉もなく、ひたすら死へ駆けり走っている。死者たちに後髪を引かれつづけてきたツェランが、ここでは明確に前方の自身の死へと向かっている。作者が死を思い定めているからといって、その作品を讃美することは許されまい。しかし、これらの詩はそのための切迫した状態の中での大きな静けさの定着という点では確かに美しく、しかもその中でツェランが歌いつづけている切実な調子は、過去四半世紀間のツェランの詩作の延長上にある。これがツェランの待ち望んでいた〈あなた〉への真の呼びかけの声だったといえば美辞麗句になろう。

ぼくらは何よりも、強制収容所が彼の生涯にわたる詩の背後に直接に癒着していたのと同様に、『迫る光』のこれらの詩篇の背後に彼の実の死への思い定めが癒着していたことに批判的でなければならないだろう。しかし、作者の死という事実をとりのぞいて考えたときも、この詩集の諸詩篇は確かにすばらしい。そして、その上で、パウル・ツェランという生身の作者の死に再び想いをおよぼすとき、これらの詩篇は、第二次世界大戦中のユダヤ人の死者たちの重みがすべて、自殺時の作者の肩の上にのしかかってきたことを証拠立てるかのようななまなましい実在感で、読者であるぼくらにも迫ってくるように思われる。

（一九七二年九月）

苛酷な境遇

パリはぼくにとって、確かにパウル・ツェランの街だった。最初にここを通過するときは、電話帳を引いて、ツェラン未亡人の電話番号はおそらくこれだろうかと当りをつけて電話したのだったが、留守だった。

二度目にパリに着いて、ホテルを見つけた数日後、街に出てからカウンターの前でいつまでも飲んでいた。海軍軍楽隊の水兵たちの一群に合流して、店の前で輪になって踊ったりしたあと、もう午前中だったが、通勤途中のパリジャンの間を歩きながら、このままツェラン未亡人宅へ行こうと考えた。一九七三年の九月二十五日だった。酩酊は極度の頭脳の冴えにまで達していた。

その状態のままマダム・ツェランに会ったとき、身体はやはり非常に疲れていたので、まず出されたコニャックの一杯はかぎりなく嬉しかった。しかし、そのまえ（最初ツェラン夫人は留守だったので）、五階のドアの前に佇んでいたときのニス塗りのドアの褐色の色艶と木目の細部は、それ以上に今でも鮮明にぼくの記憶に残っている。ドイツのベルリンで作家ヘレラーにツェランは普段はユーモラスな社交家で、酒もよく飲んでいたと聞いていたので、泥酔して(そのような詩がある)このドアの前に佇んだときのパウル・ツェランは、今の自分のような状態でもあったのかなあと、ちょっと感傷的にもなりながら想像をめぐらせていたのだった。

ツェラン未亡人とは、コニャックやコーヒーを飲みながら、今はあまり記憶には定かでない会話をかわしていた。やがて電話が鳴って、ちょうどこれからオーストリア人のオルトナーが来るとのことだった。

画家オルトナーも交えて今度はドイツ語で話をかわしていて、パウル・ツェランがあんなに悲しかったのは彼の肉親をナチスの強制収容所で失ったからでしょうと言うと、版画家のジゼル・ツェラン゠レストランジュは、一瞬歔欷《きょき》したようだった。

パウル・ツェランの亡き母をうたった詩はかぎりなく悲しい。その一つをとると、

白楊《はこやなぎ》

白楊、おまえの葉むらは白じらと闇を見つめる。
ぼくのお母さんの髪は、とうとう白くはならなかった。

蒲公英《たんぽぽ》、ウクライナはこんなにも緑。
ぼくのブロンドの髪をしたお母さんは、家《うち》に帰ってこなかった。

雨雲、おまえは泉のほとりにたゆたっているの？
ぼくのひっそりしたお母さんは、みんなを想って泣いている。

まあるい星、おまえは金色《こんじき》の蝶結びをつくる。
ぼくのお母さんは鉛に傷ついた。

槲《かしわ》でつくられた扉、誰がお前を蝶番《ちようつがい》からはずしてくれる？
ぼくのやさしいお母さんは入ってこれない。

ツェラン未亡人の背後には壁につくりつけた本棚があり、そこにははっきりとカフカ全集があった。パウル・ツェランは晩年の二年間ほど、不幸な迫害妄想（といわれている）のためにこの家を出ていたのだけれど、この褐色の数冊の全集は、まちがいなく彼の読んだ書物のように見受けられた。カフカはチェコ・プラハのドイツ語を話すユダヤ人だったし、ツェランも東欧の現在ウクライナ領のドイツ語を話すユダヤ人だった。物語作者としてのカフカは、詩人のパウル・ツェランと比べると、節度のある、ということは表面上は読者に対して自己の内奥《うちおく》を見せない作家だった。しかし、読者の側からのいくらか自分勝手な感情移入でその仕切り壁の向こうに入ってみると、その中はツェランの場合と同様のかぎりなくさびしい世界だった。カフカの短篇を一つ取ってみる。

木々

なぜって、ぼくらは雪に埋ずもれた木々みたいなものだ。見たところ、滑らかに雪の上にのっかっているだけで、ちょっと突けば押しのけられそうだ。いや、それはできまい、なぜって、大地としっかりと結びつけられているのだから。でも、ほうら、それでさえ、ただの見かけなのだ。

これは徹頭徹尾、根なし草のような人間存在、われわれの存在のどこにも支えを持たない、よるべなさを表現したものと見ていい。自然に対してもそれと向きあっていていつのまにかかぎりなく心細くなっていく胸の内は、ツェランの「白楊《はこやなぎ》」に共通する。

ポルトガル語の中に、たとえばどこまでも果てしない砂浜を歩いていく、歩いている人間は疲れきっているのに、それでもただどこまでも歩いていかねばならない、そのような途方にくれた、疲労の極の状態をあらわす語があるという。

こう語ってくれたのは作家のヘレラーだが、いま調べると、この語は〈サウダーテ（孤影悄然）〉という語だった。とぼとぼと、もしかすると前方の多くの人びとの群を離れて、この孤独な人間はひとり歩いている。人びとからというのは、社会からということだが、それが押しつまると、自分はという存在はこの宇宙にひとりぼっちだという孤立無援のさびしい想いにつながる。カフカの作品は、彼個人の孤独の状況をうたいながら、同時にわれわれすべての状況をもうたっている。

ツェランの場合もそうだが、問題は彼がその上にきわめて個人的な体験、つまり第二次世界大戦の渦中にあってユダヤ人の同胞とともにナチス・ドイツの迫害を受けて両親を失い、自分も強制労働に従事させられるという体験を味わわせられたことだった。カフカが観念的なのに対して、ツェランは具体的である。彼の詩そのものは見かけは想念的である。しかし詩が根ざしている現実はあくまでも苛酷である。これが彼の作品を根本は血も涙もあるものにしている。他人にもまれているうちに満身創痍になり、とどのつまりは狂気や自殺に走るほどの体験を嘗めたツェランの境遇はやはりカフカ以上に苛酷だった。

（一九七五年十月）

ツェランの墓

一九七四年の三月、一年間のヨーロッパ生活を終えて明日は日本へ帰ろうとする日、思い立ってパリ郊外のパウル・ツェランの墓を訪ねた。延べ五カ月ほどのパリ生活中のぼくの毎日は、(コニャックのほかは)ほとんどこのツェランの事柄をめぐって費やされて、未亡人で優れた版画家でもあるジゼル夫人のところにも何回も行っていただけに、ツェランの墓を訪ねないことには、肝腎なことが一つ欠けているようで、どうにも心残りだった。

ツェランの墓は、さまざまな形の墓が無数にならぶ霊園の一区画内にあった。やっと見つけたのは、一緒に行った小学校三年の息子が「あった!」と言い、それと同時に幼稚園の息子が「おシッコ!」と言った瞬間だった。平たい墓石には〈Paul Celan 1920-1970〉とあり、その上に〈François Antschel-Celan〉と刻まれていた。〈フランソワ〉というのは誰だろうと思った。ただ、ツェランの詩で「フランソワのための墓碑銘 Grabschrift für Frànçois」(詩集『敷居から敷居へ』)というのは知っていた。

世界のふたつのドアが
あいている——
この世のものともあの世のものともつかぬ宵闇のなかで
おまえの手でひらかれて。
そのドアがばたんばたんと鳴るのをわたしたちは聞く、
そしておまえの〈常に〉のなかに
おぼつかないもの、
〈緑〉を、もたらす。

この〈緑〉は、墓の前部に小さく囲って作ってある常緑の茂みのことかもしれないと、この詩を書き写している今おもい当たる。ともかくもぼくは、この墓参りの数週後のツェランの四回目の命日のためにも、翻訳のためにたくさんの書き込みをした彼の詩集『迫る光』の原書をこの茂みの中に置いた。雨風にさらされてぼろぼろになっても、ぼく自身がツェランに捧げる贈り物としてはふさわしいのではないかと思われた。この詩集の中には、

わたしの眼のなかに赭土《しゃど》を撒《ま》いてください——
もうあなたは

この眼のなかには生きていない。

（「赭土《しゃど》を撒け」より）

というような一節もある。これはツェランの生前の遺言だろうか？

ツェランの最晩年の住所について、彼の最も近しい知り合いだったらしい画家のオルトナー氏に尋ねたことがある。「ある日突然失踪して、宿から宿へわたり歩いていた人間の住んでいた所が、どうして分かるだろうか」と幾分いらだたしげな返事だった。

西ベルリンで同じことを、〈四七年グループ〉の推進者として有名な作家のW・ヘレラー氏にも尋ねたことがあった。パリのにぎやかなマーケット街として有名なムフタル通りが最晩年の居場所ではなかったろうか、ということだった。ともかくも、晩年のツェランは極端な迫害妄想にとりつかれて、ヘレラー氏とも、あるアンソロジーに自分の訳詩が採用されなかったことで、異常なトラブルを起こしたことがあったという。

四年間パリに居住したことのあるギュンター・グラスは、〈わたしは彼のモノローグの唯一の聴衆だった〉とその交友ぶりを振り返って書いている。ともかくも、このような病いは、一九六六年にノーベル賞を受賞した女流のネリー・ザックスにしろ、ハイデルベルクに住むヒルデ・ドーミンにしろ、そしておそらくはストックホルム在住のペーター・ヴァイスにも、ユダヤ系人の作家として共通に強度らしいことが、人づての話でよく分かった。ツェランは両親や身近な人びとを強制収容所で失っている。そのような、なまなましい体験からの恐怖感が、三十年間悪夢のようにつづいたとしても不思議ではないだろう。

パリにおけるパウル・ツェランは、文学雑誌『レフェメール』の同人であるアンドレ・デュ・ブーシェやジャック・デュパン、そして新進の詩人であるジャン・デーヴらとかなり親しかったらしい。ふだん、内輪の集まりではむしろ冗談などが好きで、アルコールもたしなみ、パリに来たヴァルター・ヘレラーとは街頭で大声で歌って、警察につかまったこともあるという。彼の死後スイスで出された追悼雑誌には、フランスからミショーやブランショ、ドイツからギュンター・アイヒやイルゼ・アイヒンガーなどが寄稿している。

ツェランの未亡人であるジゼル夫人は、その銅版画の作品を通してみても、生前のツェランの作風をもっともよく伝えていると考えられる芸術家だった。一人息子のエリックは版画の刷り師志望で、繊細かつ謙虚な十七歳の少年だった。

その日の墓参を終えて宿に帰ると、夜ジゼル夫人からさよならの電話がかかってきた。長男や次男も電話口に出て、小さなドイツ語の片ことで「ヤー、ヤー」などと答えていた。お墓に書いてあったフランソワという名前のことを聞くと、ツェランとの間の最初の子どもで、誕生後まもなく死んだ男の児の名とのことだった。

（一九七五年五月）

第二章　狂気と錯乱すること ば

飛ぶ石・石たちのまなざし

火打石がどれほど親しみ深くとも、砕いても砕いてもついに白い石であることをやめないその性質は、幼年期のぼくをいらだたしくさせた、と思いだされる。

同様に、何年も前のある日、岩ばかりの海岸を歩いていたぼくは、急に心がかわいてきて、できればどこかに、岩のくぼみの中にでも、埋没されてしまいたいと願ったものだ。〈落下する石の無意識は意識のない無意識で、われわれの本能が無意識になる場合とはちがう〉――このような断定をベルグソンのある書物の中で読んだとき、ぼくは思わずこっくりをしながらも、もっていきどころのない気持ちはたしかに泣きだしたいほどだった。

ところで、石のように固い社会機構というものは厳存するのだ。ぼくは、ある時期、それにこっぴどく嘲弄された。ぼくは鎧わなければと思い、ひたすら身のまわりの整理をはじめた。すると、いつのまにか（できればきれいな鎧のほうがいいという僥倖心もはたらいたせいだろう）、まわりは一面、白になってきた。白い紙、白い本、白いペン、白い貝――そして最後にやっと白い石、になって落ち着いた。石のように固い現代社会機構は白い石をぼくらの胸に擬することによってもちこたえられる、と今でもぼくは思っている。

しかし、そのガラスに対する水晶のような武器も、実はぼくらの心の中を通りうるのだと知ったとき、ぼくの驚きは大きかった。石のフリジディティ、それを楯どったぼくのフリジディティが、一挙に医されたように思われたのだ——

飛ぶ鳥、飛ぶ石、千の
えがかれていく軌跡。まなざしは、
うばわれ、摘まれる。海は、
味わわれ、酔い痴られ、夢まどろまれる。一刻、
魂ら昏む。次の刻、秋の陽ざしが
もたらされる、ひとつの盲目の
感情に。
それはあの道のべをやって来た……。

（「万霊節　Allerseelen」部分、『ことばの格子』より）

この詩句から石を取り去ることはできない。取り去ればもの憂い、凋落する感情の詩となってしまうだろう。飛び交う千の軌跡の先端が石であることによって意識は支えを得ている。この詩によってぼくらの意識の一部も石になってしまった、しかしそれは積極的な意味において

であるから、ぼくらはそれを欣然と受け入れるだろうし、そうすればそれはやさしい小鳥たちの肉と少しも変わらない、ぼくらの肉体ともなじみうるものになるだろう。

さしあたりぼくの言いたいことはこれだけで、あとはなくなってしまったような気がする。右に挙げた詩句はパウル・ツェランのもので、ぼくは数年前ある小さな翻訳をしていてこの数行にぶつかったのだった。彼の詩集、詩論、散文のいずれも難解だが、他にそれ以上の詩人がいないという理由から、ぼくはわけもなく（というのは半分は放心したような状態で）この詩人を読んでいた。もっと理解が行きとどくためには、ぼくがさらに変質しないかぎり駄目だったらしい。たとえば言葉――パウル・ツェランにはドイツ語の臭味が少しもなかった。一つ一つが清潔な言葉で、よくあるようにどれか一つが読者を泥沼にひきずりおろそうとするようなあのドイツ語のいやみは持ち合わせていなかった。

というよりはむしろ、この詩人はドイツ語という呪われた言語から（なぜならそれはナチの時代を通って来たから）、忌まわしい記憶のすべてを拭い落とそうとしているのではないだろうか、と思われる（マクベスの妻の手から王の血が洗い落とされないのだったら、それは悲惨な努力ではないか）。そして、ツェランの努力は彼が被害者であるだけにその幾層倍も悲惨だ。彼の両親はユダヤ系の故に強制収容所で死んでいる。彼は映画『夜と霧』のテキスト（フランスのレジスタントとしてナチス強制収容所の経験を嘗めた作家・ケロールの作）のドイツ語訳者だ。言葉から疑わしい意味の残りを取りはらい、どこまでも純粋にしていこうとする努力は、本当に危険だ。そのような潔癖は虚無と狂気を指向する。

そのような言葉からつくられた詩だからというわけではないだろうが、それでもやはりこの詩人の書いたものの中にひそむ狂気への共感のようなものを、ぼくはひところほうけたように眺めていた。決して激しく狂いはしない、その一歩手前での美しい錯乱を彼の詩は見せている（錯乱しているのは彼の詩だけだろうか？　彼自身は醒《さ》めきっているのだろうか？　それではあまりに実験的に、超現実的にすぎよう）。前出の詩句がその交錯、その眩暈《めまい》などの性質によってこの顫《せん》動《どう》する狂気をすでに伝えているように思うのだが、それが危うく喰いとめられているとすれば、それはやはり〈飛ぶ石〉の非情な無機質によってだろう。あるいはもうひとつの詩――

確信

ぼくらの目とならんで
また別の目があるだろう
だまりこんで
石のまぶたの下に。

さあ、きみらの坑道をうがちたまえ！

まつげが一本あるだろう。
石の内がわにむいた、
泣かないために鋼と化した、
かぼそい一本の紡錘が。

それがくるくる回っている、
きみらのまえで、
石なので、まだ兄弟がいるかのように。

（「確信」部分、『ことばの格子』より）

この〈紡錘〉については、ツェランによる次のような説明がある。

いや、正確にいえば、彼らも、目を持っていたのだ。ただし、その目の前にヴェールがかかっていた。いや、その前にではない、その後ろに、動くヴェールが。一つの像が入ってくると、その繊維に像はからまってしまう。やがて糸が一本のびてきて、紡ぎはじめ、像のまわりに紡いでしまう。ヴェールの糸だ。像のまわりに紡いで、像と一緒に子どもを産みだす、半分像で、半分ヴェールの……。

（『山中の対話』）

『山中の対話』と題される散文詩風の短篇からのこの一節中、〈彼ら〉というのは道の両側からやって来て出会うユダヤ人のことだ。見てきた天変地異を語りあう彼らの視覚はこのように異常なものになっているとパウル・ツェランはいう。そのようなとき彼らの、ユダヤ人の、そしてパウル・ツェランの語る調子は、おろおろした声であるにちがいない。ひどく病んだ魂がここにはある。痛苦のために、あらゆるものに対して過敏な、消極的な姿勢をとる魂が……。

肺が、水母が、
鐘形にふくらむ、褐色の
魂の突起が、
透明に呼吸された否に達する。

（「瓦礫船」部分、『ことばの格子』より）

パウル・ツェランは一九六〇年にゲオルク・ビューヒナー賞を受けているが、その授賞式における講演で、彼は賞にその名を冠されて記念されているゲオルク・ビューヒナー（一八一三―一八三七）の諸作品に触れて、同時に自分の詩観を述べている。ビューヒナーの作品中触れられているのは、たとえば、劇『ダントンの死』の終幕近くで、恋人をギロチンにかけられた女が、全くだしぬけに（死んだ恋人は革命派であるのに）、「王様万歳」と叫んで連行されていく場面、散文短篇『レンツ』の中で、発狂間際の主人公が急に逆立ちして歩きたい衝動にかられる箇所などで、それらに強い意味づけがなされ、そのような状況に追いこまれたときの人間の、一回かぎりのイラショナルな叫びの中にこそ詩の言葉があることが導き出されている。なんの変哲もないようだが、実はこの例のいずれをとっても、よくありがちなようにそれが感動的だというのとはちょっとちがう。

むしろぼくらはあっけにとられて、そのような場面なり箇所なりに立ち会うだろう。しかもそれらは（ちょうど、あの石がよぎったときのように）、ぼくらにある種の衝撃をあたえる、ひんやりと冷たいものが触れたときのような。とすれば、これらの例、そしてパウル・ツェランの詩そのものが及ぼす働きとはなにか？　震憾されたのはぼくらの感情では断じてない。とすると、それはぼくらの意識だろうか？　それが動くとき、ぼくらは硬質な、無機質な衝撃を受けるのではなかろうか？　そしてそれがぼくらの中の石を認めさせ、それがぼくらの中を通ってもかまわないことを知らせるのではなかろうか？

しかもぼくらの意識を衝き動かす詩人の意識は、このパウル・ツェランの意識は、一口でいうと〈暗闇〉であることによってぼくらに立ち勝っているように思われる。錯乱や狂気に近い意識、戦争という呪うべき人殺し（それ以外のなにものでもない）に無理矢理立ち会わされたあのおろおろ声の意識が、ぼくらより深いところから、ぼくらを衝き動かしに来るように思われる。しかし——彼の詩の表面は決して暗くない、むしろ純粋に、明るくひたすら晴れやかに悲しい。

（一九六六年十月）

砕かれたことばから

ツェランの詩篇に次のようなものがある。

引き潮。ぼくらはフジツボを
見た、ツタノハ貝を
見た、ぼくらの両手の爪を
見た。
誰もぼくらの心の壁から言葉を切り離さなかった。

(ワタリガニの足跡、明日、
這い進む筋跡、住居の通り路、
灰色の泥地に描かれた

風紋。細かい砂、
粗い砂、壁から
引き剝がされたもの、他の
硬い部分からの、
トゲウォからの。）

一つの目が、今日、
もう一つの目によりそっていた、ともども、
瞼を閉ざしたまま、潮の流れにのって、
自分たちの影のところまで下って行った、積荷を
下ろし（誰も
ぼくらの心の壁から言葉を——）外にむけて
鉤型の突堤を築いた、——
一つの砂州を、小さな、
航行不能の
沈黙の前方に。

（「引き潮」『ことばの格子』より）

この詩篇は最終の節に入って遊弋《ゆうよく》しはじめ、やがて最後の一語〈沈黙〉に至って〈小さな〉

終結を得ているように見受けられる。この終結は最初の三分の二の部分にとじこめられた大きな凝固と関係がある。つまりこの部分において、海水の退いたあと、足もとを見下ろすものの目は、フジツボやツタノハ貝、そして自分の爪、明日はあらわれるであろうワタリガニの足跡、トゲウオの残骸、そして無数の砂に注がれ、それらの上に凝っている。ここにあげた拙訳では十分にその調子を表わせないが、原詩にあらわれる改行の一つ一つ、文字の配合などはこれらの物たちがかつてまみえたことのないもの、奇異なものとして見るものの目の前に立ちあらわれてきたことを物語っている。それらははたして物珍しいだろうか、爪までもが？　という疑問はただちにそれらに見入っているものの特殊な心身状態への疑問に取って代わる。この種の放心、この種の茫然自失をぼくはひどく愛するものだ。だから読むときは、殊に第二節以下は、一語一語とぎれとぎれに読みたいと思う。それが原詩の本意に適っているだろう。

ところでこの詩の背後にはなにかある拭いがたい暗いかたまりがある。それをみるには、もっと例を取ってくるのがいいだろう。右の詩が収められているパウル・ツェランの詩集『ことばの格子』（一九六一年）に収められているもう一篇——

ブルターニュの素材

エニシダのかがよい、黄色く、崖は

空にむかって爛れる、棘《とげ》は
傷口をもとめ、あたりを
鐘が響く、夕まぐれ、無いものが
祈りをこめて海原をころげる、
血の帆がきみに迫る。

きみのうしろの、ひからびた、
砂に覆われたベッド、そのベッドの
葦に覆われた時刻、むこう、
星のかたえには、いくつもの
乳の水脈《みを》が潟のあいだに騒めいている、こちら、
茂みのあいだには、石ナツメヤシが蒼穹にむかって
口を開いている、ひと叢がりの
うつろい過ぎたものが、うつくしく、
きみの記憶に挨拶する。

(きみたちはぼくを知っていたか、
手よ?　きみたちの示す

枝わかれした道をぼくは進んだ、ぼくの口は、
砂利を吐き出した、ぼくは進んだ、ぼくの時間、
移りゆく雪庇《びさし》は、影法師を投げた——きみたちは
ぼくを知っていたか？）

手、棘が
もとめる傷口、鐘の響き、
手、無いもの、海原、
手、エニシダのかがよいのなか、血の帆が
きみに迫る。

きみ
きみは教える
きみは教えるきみの手に
きみは教えるきみの手にきみは教える
きみは教えるきみの手に
　　　　　　　　眠ることを

この詩をぼくらはブルターニュの荒涼とした風景を念頭に浮かべながら読みはじめるだろうが、やはりここでも、荒涼としているのはまず作者の、内世界のほうが、というのがふさわしい。ブルターニュの諸物象はいわば点綴的に拾いあげられていくにすぎず、詩全体は作者の現実をかけ離れていく放心の方へ向いていている。呼息はかすかに途絶えがちだ。ある一つのことを言うたびに短い絶句がおとずれ、その間隙を痛ましいばかりの美が侵入している。第一節末尾の〈血の帆〉とは、何と不気味な表現だろう。ちょうど睡魔におそわれた人間が眠るまい眠るまいとするかのように……、ということは、この詩にもまた旅や異郷のせいばかりではない虚脱や疲労があらわれているということだろう。諸物がとぎれとぎれに、しかも行文の上では凝縮された外観の下に（殊に第二節で）現われてくることは、実は作者がそれらの一つ一つに物の気に憑かれたように憑かれてしまって、彼はそれらの個物の一つから一つへ視線を移すことさえやっとなのだ。詩の最後の節のなめらかな流れ、この気をとりなおしたような突如の歌い出しも、よく読むと譫妄状態のそれのようにみえる。少なくともそのような状態の上にみずからをのせたものだろう。〈眠る〉とはそのような自己をいとおしんでいるようにも見える。

このような目立たない異常の例を、前にも挙げた『飛ぶ鳥、飛ぶ石』の詩行にも見ることができるだろう。あの詩行全体を支えている〈石〉については、その箇所で十分すぎるぐらい述べたように思う。それで、ここではむしろ、石に支えられていなければならない詩句全体の足もとの揺れ、目くらみ、錯乱の方に注目したい。〈まなざし〉は乱れ飛ぶ線の交錯にくるめき、ひろがる海のあたたかさのなかに惑溺しようとしているのだ。眩暈はもちろん強度のものではない、これまでの二つの詩にもみられるとおり、パウル・ツェランの詩行は決して過激なものではなく、慎しやかで控え目だ。しかしそれだけに目立たない繊細なフレというものがあるので、そのフレ方がなにか普通でないものを思わすとき、ぼくは、この詩人の特性を一番あらわに見るように思い、したがってそのような詩を一番親近に感じる。

ところでこれまでの三つの詩あるいは詩行に共通の、放心や忘我や眩暈などの背後にあるものは何だろう。何か暗い記憶のかたまりがあるらしいことは書いた。そしてぼくたちがこの詩人の経歴を繙いてみて、彼がユダヤ系のドイツ人であり、戦争中労働収容所の経験を持ったらしいことをつきとめるのはやさしい。やさしくないのは、そのような経験が彼の心にとどめた傷の深さ、暗い体験が心に落した実態を知ることだろう。それにはまさしく詩を読むことしかない。最も生まな体験に近いものとしてはあの『死のフーガ』があった。

けれども作者の体験をこえて作者の個人的な内心をもっと奥深く知りたいと思うなら、さらに彼の他の詩を読むことも、ぼくらの心のなぐさめになろう。いうまでもないことだが、一般的にいってこの種の体験は事件の再構成などといった生やさしいもので決して表わしつくされるものではない。もっと生まな、どろどろな原形質がその奥に必ずあるのだ。パウル・ツェランについてそれを読むには、次のような一見戦争には関係のない詩篇を取ってきてもいいかもしれない。

夜課

わたしたちは近くにいます、主よ、
つかむことができるほど近くに。

もうつかみました、主よ、
からみあいました、
たがいのからだが
あなたのからだでであるかのように主よ。

祈りなさい、主よ、
祈りなさい、わたしたちにむかって。
わたしたちは近くにいます。

風に身を折り伏してわたしたちは進みました、
進んでいって、凹地や水たまりに
身をかがみこませました。

水飼い場にわたしたちは行きました、主よ。
そこには血がありました。それは
あなたの流し給うた血でした、主よ、

血は輝いていました。

その血はあなたの姿をわたしたちの目に映し出しました、主よ、
眼と口とがうつろにひらいていました、主よ。

わたしたちは飲みました、主よ、
あなたの血と、血のなかの姿とを、主よ。

祈りなさい、主よ。
わたしたちは近くにいます。

（『ことばの格子』より）

ここでは祈りにおける、祈る者と祈られる者とが倒錯している。神が人間に祈りを捧げ、その人間はイエス・キリスト並みの受苦を現実の世界の中で嘗めることになっている。この人間

の中には、どすぐろい、ねばねばした、どうしようにも拭い去ることのできない神への呪詛がある。

この暗黒の悲歌を、パウル・ツェランは、もう一人のユダヤ系詩人、一九七〇年に高齢で死んだ女流詩人ネリー・ザックスとは、共有できたように思われる。彼ら二人の語らい、肉親や知己を失ったこの二人の虐げられたユダヤ詩人が語り合った胸中はどんなものだったろうか、二人は実際に一九六〇年に会ったことがあり、その後ツェランがそれについて書いた詩は次のようなものだった。

チューリッヒ、シュトルヘン旅館にて——ネリー・ザックスのために

あまりに多すぎることが話題でした、
あまりに少なすぎることが。あなたと
もうひとりのあなたのことが、
明るさのために濁っていることが、
ユダヤ的なもののことが、
あなたの神のことが。

それらの
ことが。
ある昇天祭の日、
寺院が向う側に立っていて、
幾筋もの金色とともに、水を
わたってきました。
あなたの神のことが話題でした、わたしは
神にさからって語り、わたしの
ものである心を
心がおよぶ最高のもの、ごろごろ鳴る咽喉《のど》にからまりながら
出てくるもの、
神をそしりののしるもの——言葉
に
賭けました。

あなたの眼はわたしを眺め、逸《そ》れ、
あなたの口は
みずからの眼に語りかけていました、わたしは聞きました——

わたしたちには
ね、そうでしょう、わからないのです、
わたしたちには、
ね、わからないのです、
なにが
ほんとうなのか。

（『誰でもないものの薔薇』より）

パウル・ツェランの初期の四つの詩集の中で最もやさしい日常的なこの詩を、ぼくは最も真率な彼の信仰告白ととりたい。神を（それはヨーロッパ的な神以上に深いユダヤ的な神である）それでもやはり信じていきたいという老貴婦人に対して、それを断念する決意の傷心の青年の姿がここにある。それはまさしく戦後的な縮図で、戦争直後のヨーロッパ人にとってはごく普通の象徴的な情景だったろう。だからこそなおさらぼくらは、ユダヤ人である話し手の傷の深さを理解しなければならないと思うのだが、それに関連があると思われる詩をもう一篇取ってこよう。

彼らの内部には土があった、
彼らは掘った、

彼らは掘った、また掘った、こうして
彼らの日はすぎていき夜はすぎていった。それでも彼らは神を讃えなかった、
これらすべてを望むという神を、
これらすべてを知るという神を。

彼らは掘った、それでももう何の声も聞かなかった——
彼らは賢明にはならなかった、何の歌も作りださなかった、
何のことばも考えださなかった、
彼らは掘った。

静けさがやって来た、嵐がやって来た、
海がこぞって押し寄せてきた。
ぼくは掘る、きみは掘る、土の中の虫も掘る、
するとかなたで歌っているものがいうのだ——彼らは掘っている、と

おおだれか、おおだれひとり、おおだれひとりでもないもの、きみよ——
どうなったというのか、どうにもなりようがなかったのに、
おおきみが掘る、ぼくが掘る、ぼくはみずからを掘る、きみにむけて、

するると指輪が覚めている、ぼくらの指に。

（「彼らの内部には土があった」『誰でもないものの薔薇』より）

やはりここでも神が怨まれている。実に簡単なこと、すなわち悲惨のさなかに神が現われなかったこと、それだけのことがもう取り返しつかないのだ。そして最後に指輪が輝いたとき、この詩全体の明白さは裏返され、真の暗闇がうかがわせられる。それこそまさしく底なしの闇だったろう。

まだ五十歳に至らない年齢においてパウル・ツェランは、次のような詩篇も書けるユダヤ詩人である。この場合、ユダヤとはユダヤ的なみじめさの代名詞を意味する。

戸口の前に立ったひとりの者に、ある
夕暮れ——
ぼくはぼくの言葉を開いてやった——すると彼は
腺病やみの子どものもとに歩んでいった、
でき-
そこないの、
泥んこまみれの兵隊靴の中で

生まれ、
神の
血みどろの
生殖器をもったはらから、
ひいひい泣き声をあげるちっぽけな子どものもとに。
導師《ラビ》よ、とわたしは歯がみして言った、導師よ、
獅子《レーヴ》よ——

このあわれな者の
言葉を切り開いてやってください、
このあわれな者の
心のなかに
生きた〈無〉を書きこんでやってください、
この者の
ひん曲がった二本の指を、救い
をもたらす祈りを唱えるために
ひろげてやってください。

この者の――
……（中略）……
夕暮の戸もたたき閉めてやってください、導師よ。
……（中略）……
朝明けの戸も開けはなってやってください、導師よ――

（「戸口の前に立ったひとりの者に」『誰でもないものの薔薇』より）

このなかでの〈わたし〉は、みじめな子どもの悲惨さの目撃者だ。こうした行きかたは当然、自虐への傾向をともなうだろう。しかも作者パウル・ツェランは、危い線で踏みとどまっている。彼はあらんかぎり心の脆弱さを喰いとめようとする。悲惨を前にした脆弱さからの自滅をふせごうとする。心をつめたい石のように、目をかたい皿のようにして見ようとする。彼の詩集の中に、見つめる目がそのまま見られる目に化してしまう内容のものがいくつかあるのもおそらくこのためだろう。

たとえば恋人との抱擁を歌ったと思われる――

斜面

ぼくのかたわらにきみは生きる、ぼくとおなじように——
おちくぼんだ夜の頬のなかの
石となって。

おおこの斜面を、恋人よ、
ぼくらはおやみなくここをころげおちる、
ぼくら石たちは、
せせらぎからせせらぎへと。
ころがるたびにまるくなりながら。
似かよいながら、異なりながら。

おおぼくらのようにさまよいながら
ぼくらをときおり、
おどろきながら一つのものに見る
酔いしれたあの眼。

(『敷居から敷居へ』より)

この詩にしても、究極には石のようにつめたい〈目〉に見つめられていることには変わりがない。このような目に類似したものが、さらに彼の詩には多く出てくる。水晶、涙、砂粒、そして〈彼らの内部には土があった〉の終尾の指輪、そしてあの〈飛ぶ鳥、飛ぶ石〉の石もこれに数えられるだろう。これらのものに共通することはすべてがまどかで、つぶらなものであることだが、それらは同時にそれぞれの詩篇における働きが共通している。それらはそれぞれの詩の中で必ず閃く一箇所となっている。さきほどの〈指輪〉を例にとっていえば、そこでは詩が裏にひるがえされていた。〈飛ぶ鳥、飛ぶ石〉の〈石〉は鮮明なイメージである。それら輝くつぶらなものたちは、約していけば、結局やはり〈目〉に落ちつきそうな気配があるが、実は、まだその先があるのだ。詩人にとっての〈目〉とは、もっとつきつめていけば彼の〈ことばWort〉になるであろうから。ことば――このつぶらでまどかな光りかがやくもの。ネリー・ザックスとの対話において、彼女の悲しい目以上にツェランの傷心をいたわったものは、ことば、ザックスの口から期せずして出たことば――

わたしたちには
ね、そうでしょう、わからないのです、
わたしたちには、
ね、わからないのです、

なにが
ほんとうなのか。

だった。この会話体の部分だけが、この詩篇のなかで不思議としかいいようのない救われの空白の部分となっている。このような〈ことば〉にツェランが〈賭け〉ていることはやはり同じ詩の中に歌われているのだが、これこそが〈神に反対した〉パウル・ツェランの精いっぱいの最大の信仰告白であったのだ。

端的に（やや過激に）考えてみよう。過去における最大の悲惨とは愛するものとの死別だ。ところでこのような死別に対して、ぼくらは、ぎりぎりの場合、何をもって対抗するだろうか？　自殺、発狂、神。自殺は、その肉体の死はむごたらしいが、人間にとって至高な行為だろう。発狂は、人間がとれる最も美しい行為だ。実際、自殺のかわりに発狂があることはあまり知られていない。しかし自殺も発狂もできない、崇高でも美しくもあれない、みじめな人間はどうすればいいのだろう？　神は除いて考えなければならない。とすると、ぼくには二つしか考えられない。音楽とドン・ファン的な享楽と。音楽についていえば、それはやがて詩そしてことばだろう。そしてパウル・ツェランはといえば、そうした追いつめられた時刻に、〈ことば〉をえらんだ人間なのだ。

わたしのものである心を

心のおよぶ最高のもの、ごろごろ鳴る咽喉《のど》にからまりながら
出てくるもの、
神をそしりののしるもの——言葉
に
賭けました。

同胞の死に際しても応えることのなかった神を彼は捨て、〈呼ぶ〉という行為、ことばの行為、みずからの詩の行為に賭けたのだろう。それは決して理性的な行為ではなく、むしろ狂的な行為と呼んだほうがいい。ことばが、ダダやシュルレアリスムを経て歴史的に一旦解体された形でそこにあったということはもちろんあった。しかしそれは二の次のことだ。でなくて、どうしてことばを砕いていくというそれだけでは味もそっけもない行為が、詩作という他にかけがえのない行為に結びつくはずがあるだろうか。

（一九六七年六月）

苦しみの空への飛翔——『誰でもないものの薔薇』

詩における現実《リアリティ》——それはあまりにも古すぎると思われることがしばしばある。戦後のドイツ現代詩を読んでいても、眼はその一行から一行を追いながらも次第に淀みがちになってくる気分の始末に困って、作者であるきみはこのような現実のなぞり絵ばかりつくって一体どうしようというのか、きみがそれに託しているものといっては、せいぜいきみのいまのものうい情緒ぐらいなものではないか、それも奇妙なことに、どうしてこうまですべてが眼前のありありとしたものの生気というのではなしに、過去の残滓ばかりを吸いとって現われてくるのか、たしかに戦後という詩にとっても困難な状況は斟酌しなければならない、しかしそれにしてもきみはやはりゆとりがありすぎるように、おっとりしすぎているように思われる、詩人であるきみが廃墟をうたうとき、まったく新しいものをうたうとき、そしてのどかな田園風景をうたうとき！　だからぼくは、直截に、いまこのように物憂いのはきみの心そのものだと判別することにしよう、ところで一体、現代における物憂さとは何だろう？

ボードレールやヴェルレーヌ、ゲオルゲやホフマンスタール、そしてあのトラークルの物憂さなら、ぼくも積極的に認めようと思う、彼らがそのような情緒下でのみ物を見たことは彼らの時代の必然、彼らの実生活の真実だったろう。ところできみのいまの物憂さが喧伝された西洋の没落のせいというのなら、それは断じて今日詩の長老格のゴットフリート・ベンまででとりやめにしてもらいたい気がする、そのような時代の凋落感、落莫感は本人にとっては痛くも痒くもない、ご都合のいいものであることが多いのだから——このように糾問したいいらだちにとらえられる。

問題はあくまでもそのような詩人たちの気持ちのもちかたにあるのだろう。端的には彼らと彼らのことばとのかかわりに。なによりもまず詩のなかにそのように現実が直接に現われ出てくるということに関して、ぼくらは——おそらくリルケ以後——なかなかなことでは容易に首をたてにふらない修練を積んでいる。対象物がたとえ直接的ではない比喩なり暗喩なりあるいは断片的なイメージとして浮かんでくる場合でも! リルケともの(Ding)とのかかわりはほとんどグロテスクなまでの襲いかかりがリルケの側からあった上での話だが、そのような荒々しい詩作は、おそらく詩人が孤高者の座をひきずりおろされてからだろう、もはや誰もやらなくなっている。詩は形而上学の隠れ処とは別になっている。しかもそのような現状のもとで、ことばをいかにもある具体物、対象物を正確に指し示すように使っているのは、軽薄のそしりをまぬがれないのだ。ことばがあるものを指示するというのはごく便宜的な約束事だ。そこではことばは最初からそのように規定されているのだからすべては既定のレールの上をスムーズにさしさわりなく進行する。しかし対象物が約束事を一歩はみ出すと――そして詩は何歩はみ出すかははかりしれない領域にあるのだが――従来のことばは完全に機能を停止してしまう、何の反省もなく対象物を指し示しているようなことばは詩の世界では無骨者だ。

　そしてもうひとつ――これはことばの右のような機能以上に見定めがたいので容易に見逃されて本質的な事柄に組み入れられてしまうことが多いのだが、なにかあることを伝える機能をもったものとしてのことば、という問題がある。ある事柄の伝達――これもやはり、よくよくのことがない限り、ことばのもつ単に便宜的な働きにすぎないということがほかならぬ詩人たちによって忘れられている。〈ぼくは一束の薔薇をそなえる、／詩人の墓に〉といった場合、これはよほどの根源的な動機をその前後の詩句が示していない限り、〈ぼくは一束の薔薇もささげなかった〉と読みとられてしまうことが忘れられている。むしろそのような詩は――リルケが眼前の物たちに迫ったように――自分がそのようなことをしていることに迫ったほうがいい。そこから生まれるものはリルケ同然の静止的形而上学になるだろうにしても……。

　いずれぼくらは、一瞥ことばをそのような安易な側面から役だてている作品には（あるいは散文作品の場合にしても）、眉に唾して近づいたほうがいいだろう。見識もなくずるずるべったりに馴れあうのは、一見生身を備えないかに思われる詩の場合にもやめたほうがいいだろう。

　ともかくも問題は、詩作者のこころのありかたにかかわってくる。そしていまここにぼくらが、この〈こころ〉という現代ではもはや用いにくくなったことばを――何かほかのもっと適切なことばに置き換えてもいいが――ひとまず取ってくるならば、ぼくらが本当につきあいきれる詩人のことばというものは、ぼくらが当然納得したい彼のこころをあらわしたもの、ということにならないだろうか？　これならば古今東西どのような優れた詩人にもあてはまるメルクマールとなる。もちろんこれは当たりまえといえば当たりまえすぎるものだが、しかし、ことばの〈指示性〉とか〈伝達性〉とかをあたかもそれがことばの前提されたそれしかない能力とでもいったように科学的に思いこむよりはいいだろうし、それに何より〈あらわす〉というこの見れば見るほど含みのある日本語は、究極にはその対象として〈こころ〉をとるしかないようにも思われ、おそらくこれほどの間にあわせの仮設でも凡百の言語論の定義にはたちまさるだろう。

パウル・ツェランについて、その核心は、ぼくはこれまでの二、三回の機会にほとんど言ってしまったような気がする。あとはそれを彼の詩のひとつひとつについてもう一度確かめ、できれば修正していくよりないのだが、これまでの私論をとりまとめる意味でいえば、彼の詩は右に述べたような物憂い似而非気分などはどこにも見られない、むしろ緊迫した切実な胸中のあらわれであるのだ。そしてこれは——やはり先まわりして言わざるをえないが——ユダヤ人としての彼の戦時中の体験（肉親たちの死、そして彼自身もルーマニアで強制労働に従事している）がその何よりの動機を生みだしている。それゆえにこそパウル・ツェランは、戦後のドイツのいかなる詩人たちにも先んじて、詩作の初心、詩のよりどころ、心の表現に立ち戻ったと言いたいほどだ。

ゴットフリート・ベン——なによりも彼との対比が必要だろうが——一口にいって、ベンはパウル・ツェランと比べるとき、その文明的・全人類的悲哀感が大袈裟すぎる。戦後しばらくして金属の線のように細くうたわれだしたツェランの詩句は、いまから見るともはやたしかに、あの奇跡のように返り咲いた表現主義以来の老詩人をまさしくその悲哀の切実さにおいて本質的に抜いている。このことは処世訓的には次のことを教える——大きな一般的悲劇の状況に立ち向かう者にはいくらでも逃げ途《みち》がある、しかし個別の、個人の逆境に立ちあわせられた者には真の苦痛よりない。この「真《しん》」さに比べれば前者のものものしい身ぶりは茶番に見える。そしてこの処世訓は文学の場においてもまたしかりだ、と。もう一度、念押しのためにいうと、ベンにあってツェランにないものは文明論的・一般的論者の贅肉だ。

しかも、では強制収容所の（実際には強制労働）体験がパウル・ツェランの詩作を容易にしたのかといえば、それもまたあまりに安易にすぎる推断だろう。詩は即体験ではない、もしそういう言いかたをするならば、むしろ想像力だ。そして想像力は体験によって、苦しい実体験によって促進されるというよりはむしろ阻害される。苦しい肉体的体験は、たとえそれが詩人であれ、人を狭量にし寡黙にするのが普通なのだ。

音楽家にとって音が何よりも彼の表現手段であるように、ことばは詩人の表現手段、そしてこの手段は彼の頭脳と切り離せない。彼の頭脳がしめつけられるとき、彼の真実のみを語ろうとすることばは容易に出てこない。ことばにならない、という言いまわしを詩人ほど忠実に実行する者はいないだろう。

黙る、黙りこくる、という状態が第二次世界大戦中ナチスに虐げられたユダヤ人たちほとんどの反応形式だったこのことを、ぼくらは例えば次のような文章で知る――〈とつぜん静寂が重くのしかかった。親衛隊の将校が一名、そして彼とともに死の天使の匂いが入ってきたのだった〉〈収容所の囚人全員(一万名)がこの絞首台に吊るされた男のまえを行進した〉〈とうとう、白みがかった空に暁の明星が現われた。茫漠とした光が地平線にたゆたい始めた。私たちはもうどうにもならず、力もなく、幻想もなくなっていた〉……これらは数年前翻訳(村上光彦訳)の出たエリ・ヴィーゼルの『夜』に記録されたユダヤ人たちの姿だ。ぼくたちはこの文章によってもたしかにユダヤ人たちのことばにならない沈黙を理解する、それをエリ・ヴィーゼルの文章によってというより、彼の文章がつれて行く先、彼の表現の極み、そこにある彼の沈黙、ユダヤ人たちの沈黙、ぼくら自身の沈黙によって知るのだ。

この表現の極みまでの足どりの重さ、しかもできるだけ尖端にまで達したいという欲求、それは当の詩人がすぐれた詩人であればあるほど、困難の度を強めるにちがいない(日本に石原吉郎という詩人がいる、シベリアでの長い徒刑生活の体験は彼の頭の芯を鉛のように重くしている。もっとリラックスしてほしいという願いをぼくらは彼の詩に対して矛盾のうちにも抱く)。本稿に扱うパウル・ツェランの第四詩集『誰でもないものの薔薇』(一九六三年)のなかの数篇に関して、ぼくはこの辺の事情の吟味から始めたいと思う。

おまえの悲しみが
これほどなのに——上空には
存在しない第二の天。

……（中略）……

千の言葉を弄する
口のために、ぼくは——
ぼくは一つの言葉を
失った——
ぼくにのこされていた——
妹《シュヴエスター》という言葉。

多神信仰の
ために
ぼくはぼくを探していた言葉を失った——
カディシュ、という言葉。

堰を
くぐらせてぼくは、
その言葉を潮《うしお》のなかへ戻してやらねばならなかった——
外の彼方へ救い出してやるために——
イズコール、という言葉。

〈カディシュ〉、〈イズコール〉というのはイディッシュ、つまりヨーロッパ系ユダヤ語による祈りの文句だ。ともに両親の死を悼む文句で、〈カディシュ〉は息子が、〈イズコール〉は会衆が唱える。ヴィーゼルの『夜』、あるいはトゥヴィア・フリードマンの『追跡者』などを読むと、ユダヤ人たちが何かにつけこれらの祈禱文句を唱えだすのがわかる。つまりそれほどユダヤ人の日常生活に滲透しているこれらの文句までが、親しい〈妹〉（ツェランにあっては母親を含む親しい女性全般を指すことが多い）という呼びかけのことばとともども、神への不信の念によって作者の心から失われてしまったというのだが、この種の告白はやはりヴィーゼルの『夜』のなかの次のような箇所にも符節を合わせたようにあらわれる。

〈イイトガダル・ヴィイイトカダシュ・シュメ・ラバ……。御名の讃めたたえられ、聖となさしめられんことを……〉父はそう呟いていた。

私ははじめて反抗心が身うちに高まるのを感じた。なぜ私が御名を聖とせねばならないのであろうか。〈永遠なるお方〉、〈宇宙の主宰者〉、〈全能にして恐るべき永遠なるお方〉は黙っているのに。どうして私が〈彼〉に感謝を捧げることがあろう。

〈存在しない第二の天　kein zweiter Himmel〉というのは、もはやこれまでの天国が存在しない、ということだ。パウル・ツェランの詩には実にこのような反神の発言が多い。それは神への怨み言として、報復の言葉としてぼくらの前にあらわれてくる。しかし表現主義流の身ぶりの大きなものではない、むしろこれまでの宗教説話の殻をまとってあらわれるので、その傷口は目立たずに、ぼくらとしてもその深甚な痛みをそれほど痛切には感じとらない。

眼球たち

行きまどう眼のなかに——読め、そこに、
太陽の、こころの軌跡、
ざわめき過ぎる美しい虚しさ。
死たちと、そこから生まれたすべてのもの。
埋葬されてここによこたわり、

この浄らの気のうちに、
奈落を縁どりつつただよう
種族《うから》たちの列
ことばの飛砂がうがちこめられた
すべての者たちの顔の文字——小さく永遠なるもの、
音節《シラブル》たち。

すべてのもの、
もっとも重いものまでが、
舞いたつことができた、何も
引きとめるものはなかった。

この詩の前半部分は作者の眼の前に浮かびあがるユダヤ人たちの〈墓〉、後半は彼らの墓の文字に苦しみが同時に刻みこまれているように見える彼らの苦しみの空への飛翔だろう。この詩のことばはかぎりなく繊細で、作者自身の痛みのすみずみまでをもいたわりいやすもののように思われる。苦しみが〈舞いたつことができる　flügge〉とは、ぼくらにあの日本の神話の鳥を思いださせる。

（日本武尊の新らしい御陵の前に
おきさきたちがうちふして嘆き
そこからたまたま千鳥が飛べば
それを尊のみたまとおもひ
蘆に足を傷つけながら
海べをしたつて行かれたのだ）

賢治の『無声慟哭』でうたわれたこの鳥は彼の亡き妹の変身で、死者への哀切をうたう極まりにはおそらく、洋の東西を問わず、その死者の魂が何ものかの背にのせられて彼岸まで飛翔することへの希求があるのだろう。悲歌は歌う者の姿勢が強く前面に出るものだが、これは悲歌ではない、哀歌だ。歌われるものの姿が高くはるか彼方へ、ユダヤ的であれ日本的であれ、こだまのように翔り消えて行くことを願う哀歌だ。そのような飛翔の詩に次のようなものがある。

あかるい石たち

あかるい
石たちが宙をよぎる、あかるい

白い石たち、光を
はこぶものたち。

それらは
降りようとしない、落ちようとしない、
当たろうとしない。それらは
昇る、
ささやかな
垣の薔薇さながら、それらは花ひらく、
それらはただよう、
君のほうへ、君、ぼくのひそやかなひと、
君、ぼくの真実のひと――

ぼくは君を見る、君は、ぼくの
あたらしい、ぼくの
誰もの手で石たちを摘む。
君はそれらを投げいれる、誰も泣かずにすむ名づけずにすむ、
ひときわ明るい圏へ。

この〈石〉は、ツェランの詩では往々死者たちの生前の苦悩を意味する。その石たちが空を飛び、君（おそらく生前愛していた死者）がそれを浄らかな圏に投げ入れる。この浄らかな圏は神の祝福を受ける圏といってもいいのだが、それは現代では不可能である。ひときわ明るい圏は神のいない時代それでもなお救いを想像させる領域である。ここにも一見不可能なことを無理にもあらしめようとするツェランのイラショナルな志向がほの見えている。そのような志向をことさら不合理呼ばわりすることは可能だがそのような一見無謀な試みが、どれほど多くのこと、つまり詩の新しい試みを可能にするかを知ることは必要だろう。たしかにこのような試みは、死者の取り返しというのではないにしても死者への憧憬の回復にはなり得るものかもしれないのだ。

あらゆる想いとともに、ぼくは
この世から外へ出ていった――するとと君がいた、
君、ぼくのひそやかなひと、君、ぼくのひらかれたひと、そして――
君はぼくらをうけいれた。
ぼくらの眼がかすむとき、
すべては死にたえるといったのは
誰か？

すべてが目覚めた、すべてが活気づいた。
おおらかに日輪がひとつただよってきた、あかるくそれを
魂と魂がたちむかえた。はっきりと、
おごそかに、黙ったまま、
軌道をさししめした

軽やかに
君の膝がひらかれた、静やかに
一つの息づきが浮気のなかを昇っていった、
しかもやはりかき曇ったもの、あれは
姿ではなかったか、なかったか、ぼくらからいって
あれは、
名まえといっていいものでなかったか、なかったか?

(「あらゆる想いとともに」)

この作者は仮死の状態を経て過去の忌まわしい記憶から抜けだす必要があるのだが、それを
通過するときの情景は一瞬息をのませるものがある。過去の暗闇から身をひきあげようとする

とき、おそらく死んだ最愛の女《ひと》が現われる。これはやはり祈念の産物だ。それにもかかわらず、この詩を一読後、暗いものはしかもまだどうしても拭いさられていないというのが正しい。戦後十八年を経て成立したこの詩にしても、明るいものはなおとまどい、暗いものはいまでも作者をのめりこませそうにしている。明るさのあいだの暗さが抜きさしならない。暗さというのはユダヤ的な暗さのことだ。

黒土《くろつち》、黒い
土、おまえ、刻限《とき》たちの
母、
絶望——
手と、手の
傷口から、おまえへ
生れでたものが、おまえの
花弁をとじる

（「黒土」）

この種の暗い想念は容易にエロスの想念と結びつきうるもので、この詩の前には〈だれ／だれだったのか、あの／性のしるしは、あの殺された、あの／黒く空へそそりたつものは／陰茎と宰丸は――?〉という詩句を持つ詩が置かれ、この詩句の前後では、この〈性〉を受け継ぐ者が、生死の定かならぬ〈君〉とまぐわう場面も登場する。現代の、空無としか思われない死の領域へ入って行く相手との媾合である。これはユダヤ人であるみずからの出自や民族の始源を探ること〈〈陽根/アブラハムの陽根、エッサイの陽根〉〉で、ヨーロッパ的思考の死とエロスの図式とはかなりへだたっている。おそらくツェランの過去の個人的な体験がみずからのユダヤ性をつき動かしたものなのだ。

薔薇――死に結びつけられやすいこの花にしても、ツェランのそれは、たとえばリルケの輪郭のきわだった造型的な薔薇、屹立して生と死の境に据えられるような観念的な薔薇とはかなり類を異にする。ツェランの場合、それはもっと自分の体質と結びつく。リルケの薔薇が死を照り返しているとすれば、彼の薔薇は死者たちの血をなずませている――

さくそはな

重い　重い　重い
足どりのものが、言葉の
小径のうえを、林道のうえを。

そして――そう――
暗黒裁判の詩人《ポエト》どもの風琴が、
がまがえるの、お三時《ヴェスパー》の、さんざめき《ウイスパー》、まむし《ヴイスパー》の声をがならせる、
使徒の書簡を朗読する。
皺くちゃの手や指の皮膜の間から
布《ふ》れられるひきがえるの忌まわしい告知、そのうえを、
文字の遠さに、ひとりの
予言者の名前がよぎる、上《うわ》書き、
添《そえ》書き、後《あと》書きとして、九月の
いかなる人間の日でもない日づけとともに――

いつ、
いつ、はなさくのか、いつ、
いつ、はなさくのか、それは、さくのかそのはな、
さくそはな、そう、それ、九月の
薔薇は？
さく――ヒトガコロス……そう、いつ？

いつ、いつ、いつ、
いいついつ《ヴァーン・ヴァン》、そう　狂念《ヴァーン》——
兄弟が
目くらめく、兄弟が
消しさられる、おまえは読む、
ここで、これを、この
支離-
滅裂なものを——いつ
はなさくのか、このいつ、
このどこから、このどこへ？
耳-
聡さのあまり顫《ふる》えんばかりの
魂の耳に、*テールスよ、この
軸音を聞きとめながら
ほしいがままに、なしくずしに、のうのうと、ぬけぬけと、生きつづけるのはだれか、
なにものか？　星のようにまるい
ぼくらの住みか、くやしみ
の奥ふかくきしる軸音、それは

くやしみがまだ心覚に働いているからだ。

その音、おお、
そのおおの音、ああ、
そのああ、そのおお、
そのおお‐この絞首台どもが‐はやくも‐また、そのああ‐それが‐栄える。

昔ながらの
**蔓陀羅華《まんだらげ》の原にそれは栄える。
飾らない飾りの添え草《バイクラウト》として、
添え草《パイクラウト》として、形容詞《パイヴォルト》として、鉞ことば《パイルヴォルト》として、
形容《アド》‐
詞《エクティヴィシュ》のように、それらは人間に襲いかかる、それら影法師どもは――
耳をすませると
すべてが逆らっていた――
祝祭日のデザート、それだけのこと――

倹《つ》ましく、

現代的《コンテンポラン》に合法的に、
シンダーハンネス＊＊＊が仕事にかかる、
社会的に、アリバイ-エルベ的に、すると
いとしいいユールヘン、いとしいユールヘンが——
暮らしに肥えてげっぷする
げっぷだそれ鉞《まさかり》をおとせ——呼べ、ソレヲ（ハッシ！）
愛《ラヴ》ト
オオ　イツマタハナサカム　オオ薔薇　ナレノ九月ハ？

＊　大地の女神
＊＊　Alraune＝Galgenmännchen（絞首台の小人《こびと》）。刑場の草。根が人形のかたちに似るところからこういう。
＊＊＊十八世紀、ドイツ、ラインランド地方の盗賊団の首領。シンダーには皮剝人の意味がある。ハンネスは男性名ヨハネスの短縮形。

原詩の三節、四節および五節目の中途までを参考のために掲げると——

Wann,
wann blühen, wann,

wann blühen die, hühendiblüh,
huhediblu, ja sie, die September-
rosen?

Hüh—on tue... Ja wann?

Wann, wannwann,
Wahnwann, ja Wahn, —
Bruder
Geblendet, Bruder
Erloschen, du liest,
dies hier, dies:
Dis-
parates—: Wann
blüht es, das Wann,
....

となる。つまりこれは外型的にはことばの遊び、具象詩派などの類音連想によることばの組みあわせだが、上から読みくだしてくるとき、ぼくらはそこにことさらなことばのわざは感じとらないはずだ。超現実主義風のオートマチスムもそこにはもちろんある。あるいはもっと忌憚なくいえば、これは譫妄《せんもう》、たわごとに近い、ともいえるかもしれない。しかしあとからあとから口をついて出てくるようなこれらのことばの内実をよく見れば、問題は決してそのように尋常ではないはずだ。主観的な読みとりかたかもしれないが、この薔薇の咲きかたは blühen die……を hühendieblüh と組み直したことによってまず異様に燃えたつ薔薇のイメージが強められ、ついで huhediblu とよりみじかく強く据えられたことによって絞首台の血なまぐささに直結する（blu は Blut に近い）。しかもその血なまぐささは Wahnwann とそれこそ狂気に近い叫び声を発したときの作者の心境によって、痛切な悲歎の感情をあわせともなっている。このような叫び声が、あるいは神への呪詛あるいはナチスの兵隊たちや女たちへの憎悪となって全体をおおって、ぼくはこの詩篇を眼前にひろがるユダヤ人処刑のありさまを作者にとって狂気に近い言語表現によってあらわしたものとみたい。最後までつづく薔薇への呼びかけは鎮魂とも諦念ともならない救われようのない、救われようのなかった叫び声だ。とりまとめていって、この一見放恣とも見える詩篇の根源は無意識とはいえ、単なるとりとめのない無意識ではあるまい。その無意識の根源にあるものは、いまや彼の宿命ともなってしまったひとつの情念、怨念だろう——この情念、怨念こそがまさしくパウル・ツェランを、さまざまな、なおざりにできない意味で、ドイツの他の多くの詩人たちから区別している。しかもこのような呪われは（そう呼んでもいいだろう）、その底まで降りたてば、決して一個人にのみとどまっている性質のものではない。それは一民族のものであるとともに全人類的なものであるだろう。それゆえにこそまさしく、ぼくらはまったく個人的なものであるツェランの詩をまったく自分たちのものとして理解する。

右の詩においてもことばは、この呪われを暗いどうしようもない妄執とみて蹴ちらしたい、蹴ちらしたいと念じている。生に対するいきどおり、いたたまれなさ、もっていきどころのなさから救われるためにも、そのような自己を解消してしまいたい、みずからの肉体を空高く微塵と散らせてしまいたい、という願いに駆りたてられている。このような思いが作者の分身であることばをもまたちりぢりに飛散させているのだ。こころ、ことば、詩は彼において一体だ。

頌歌

誰でもないものがぼくらをふたたび土と粘土からこねあげる、
誰でもないものがぼくらの塵に呪文を唱える。
誰でもないものが。

たたえられてあれ、誰でもないものよ。
あなたのために

ぼくらは花咲くことをねがう。
あなたに
むけて。

ひとつの無で
ぼくらはあった、ぼくらはある、ぼくらは
ありつづけるだろう、花咲きながら——
無の、誰でもないものの
薔薇。

魂の透明さを帯びた
花柱、
天の荒漠さを帯びた花粉、
茨《いばら》の棘《とげ》の上高く、
おおその上高くぼくらが歌った真紅のことばのために赤い
花冠。

誰でもない者（Niemand）とは誰なのか、誰でなかったのか。この答えはこの詩からだけでも容易だろう。しかもこの詩の不思議はこの詩のことばたちが何ものかにむかって歌いあげていく形をとっていることだ。この姿勢によってぼくらは、Niemandをひっくり返したときこの詩の背後には実はどれほど暗澹たる思いがひそんでいるのか、その深みも測定できようし、また再び地表にのぼって、そのことばたちがどれほどの高みに達したいと願っているのか、神が（個人的に）真に不在なところで、その個人がどれほどの人間業に可能なかぎりをつくそうとしているのか、を理解するのだ。それが達した高みはほかならぬ詩の美しさとしてぼくたちの前に現出するが、それだけにますますその背後がどれほどおそろしいものか、それはおそらくパウル・ツェランほどの、一度は真に神を信じきっていたものにしか実感できないのではあるまいか？

（一九六八年三月）

狂気の光学の下の……

映画はぼくにとってどうして何よりもまず黒白フィルムでなければならないかを考えることからはじめる。オリヴィエ主演の映画『ハムレット』は――暗い城のなかで白いワイシャツ姿(と中学生であったぼくには思えた)の白晳《はくせき》の顔が上を見あげていたばかりの記憶の映画だ。同じころの『嵐ケ丘』は、――それがある大学の地下で行なわれた映画研究会主催のものだったせいもあって――画面を一面に走るフィルムの傷の白い筋の間から、おぞましい、輪郭もさだかでない一人の侏儒ばかりがにょきと現われた無気味な思い出の映画だ。ついでに言うならば、昭和二十二、三年ごろまだ新制中学生だったぼくは、もうすこし映画らしい映画、つまりイングリッド・バーグマンの『ガス燈』も見るには見ていて、それは一階を恐怖に包まれた女が、そして二階をこつこつと歩きまわるその夫の殺人鬼が、それぞれ闇のなかから対照的に浮かびあがる映画だったはずだ。当時の新制中学生たちは(もちろん高校生たちは、大学生たちはといってもいいのだが)黒白の呪縛から逃げだせない年代で、外では早くも、水際で抱擁しあうすばらしい水着姿の男女の広告の天然色映画『青い珊瑚礁』や、それからは大分あとのことだったとは思うが、青白の字幕や赤の色彩が鮮やかなソ連映画『シベリア物語』などが封切られようとしていたというのに、あいもかわらず薄汚れた白や黒の姿で、ほこりまみれの通学路や闇市のなかを歩きまわっていた。戦時中以来のカーキ色はといえば、それはそのまま砂ぼこりの中に伏せをする色だった。その後世間一般に色彩らしい色彩が出廻るようになってきてからも、ぼくらは長年連れそったむさくるしい黒やぺらぺらの白からは、なかなか逃げだせないでいた。それは単なる惰性からだったろうか？

その意味で、数年前に見た映画『心中天網島』は、ぼくをいささか狂喜させたところがあった。その最初のほうの場面、つまり遊女の小春が黒い模様の映しだされた着物や黒髪のまま白々しく広がる背景の上に投げだされくるくるとまわされたとき、観客であるぼくは単純に喜んだ。廓《くるわ》や遊廓とは、まさしくそのようなかたちでぼくにとって存在した。女郎部屋とはがらんとひろがった、はてしれず長い二階の廊下の奥の部屋であり、それは白昼夢の世界、夜のしらじらあけの夢の中の世界でなければならなかった。それ以外の華やかな色彩の世界、たとえば敷きつめられた赤い絨毯といったイメージは、西洋の娼婦宿や中国の妓楼はいざ知らず、一応ぼくの念頭の外の世界だった。

しかし、このような黒白の世界にぼくらは、なにも女郎屋でなくても夢のなかで、たとえば地獄の門の前や賽の河原のほとりのような所に出てしまったとき、行きつくのではなかろうか。あの『心中天網島』の場面がぼくを狂おしくしたのは、もちろんそこに来たるべき情死のエロス的情念が一枚加わっていたせいもあるが、しかし、『ハムレット』や『嵐ケ丘』の記憶がいささか狂おしいように（そこに日本映画『野良犬』を加えてもいい）、黒白というカラーだけをとってみても、それがぼくらを狂おしくしていい理由は十分にあるはずだ。ある年代の人間にとって、黒は、長いあいだ彼の肉体を閉じこめていたものであり、白は、その閉塞からの解放を、しかしながらアナーキー的な解放を、どうしようもなく意味してしまう。それは病みほうけた色、死と狂気の色だ。どれほどつややかな黒の天鵞絨《ビロード》であれ毛皮であれ、それが美しいと感じられるのは死を強く思わせるかぎりにおいてであり、白が美しいとすれば、それは清浄な白が死後の経帷子《きょうかたびら》を思わせるためだろうが、このような清浄さや純潔さは、極度の展開のはてには、やはり死をつまり肉体の風化を、あるいは精神の死をつまり狂気を、もたらすものではなかろうか。ハムレットが偽りにせよ狂気におちいらなければならない経緯には、まぎれもなく、彼が白晳の思考型青年であった事情がまつわっていると考えられる。そしてこのハムレットの狂気は、劇中において、よそわれた白の部分、十分酔っぱらっていない酔っぱらいがくだをまいているような白々しい部分をつくりだして、観客を特殊な感慨のうちにみちびく。一方、ほんとうの白の部分、真の純白の部分はといえば、それはまぎれもなくオフィーリアの精神錯乱のなかに、オフィーリアのいつわらざる発狂のなかにあるだろう。悲しみに狂った彼女がまったく意味のない歌を歌うとき、それはまったく意味のない部分、――宮廷人の奸智《かんち》にとむあやなす心理のかけひきの中にあって、そこだけが観るものにほっと息をつがす白の部分だ（このような白の部分は、濃厚な色彩にとざされているように見えるゴッホの絵にも、とりわけ彼が室内を描いた、たとえば『夜のカフェテラス』や『寝室』のなかにも認められるように思う。室内のほのじろい鏡面やどこに通じているのか知れぬ開かれた入口などがそれで、見るものは一瞬そのなかに吸いこまれざるをえない。この部分はゴッホ自身にもある安堵を与えただろう。しかしまた、そこからこそまさしく彼の狂気は吹きこんだようにも思われる）。たしかに劇中に登場する阿呆といい白痴といい狂人といい、彼（あるいは彼女）らは劇の精神的色合いの構成の上からもその登場が必須の人物たちであるわけなのだが、比較的最近演じられた劇映画の中でぼくをとりわけ興奮させたのは、ペーター・ヴァイス作、ピーター・ブルック演出のイギリス映画『マラー／サド』で、そこではサドの指揮下で革命（フランス革命）劇を演じる瘋癲院の狂人たちが、舞台をなんと彼らの白タイル張りの大浴室に選んでいた。この四囲のなかでは、彼らはいっそう必然的に終幕の乱痴気騒ぎ、無秩序な騒擾《そうじょう》の中におちいっていかざるをえないように思われた。この狂乱の乱痴気騒ぎのあいだをマラーの仆《たお》れふす浴槽の白い湯気がもうもうと立ち昇る――。

パウル・ツェランの詩集の表紙は黒あるいは白に色どられている。初めの二冊は黒く、後の四冊は白い、その黒さなり白さなりは、もちろん中にかかれてある文字の意味内容の先入見からそういいたくなるのかもしれないが、それでもやはりこの程度はいわざるをえない、つまり、ぼくらがその詩集の一つを取りちらかした本のひと山の下からふと取りだす、すると、その黒なり白なりは少なくとも一瞬ぼくをどきりとさせる、と。

その第一冊目は黒い、二冊目も黒い、そしてそれ以後は昨年出されたものにいたるまで白い。第一冊目は、今は絶版となった処女詩集『骨壺からの砂』（一九四八年）を収める。このぼくの手もとにない処女詩集は、その題名からしても、黒あるいは白、いややはり十分に黒色でありうるだろう。というのも、その後の第一詩集（ということにする）、つまり『罌粟《けし》と記憶』（一九五二年）も、その題名だけからするならば罌粟の忘却の白と記憶の黒なのだが、内容上は表紙どおりの黒、つまり後期の白を予感させつつもやはり忌まわしい記憶の黒なのだから。この第一詩集のなかの代表作とみなされるのは先にもあげた長篇詩「死のフーガ」で、その冒頭は、

あけがたの黒いミルクぼくらはそれを夕方に飲む

にはじまっていた。この初行のなかに早くもあらわれた白、そして黒、そして白、そして黒のなんというおぞましい交替だろう。この詩の舞台は戦時中のユダヤ人強制収容所であり、そこのナチス将校は、

もっと甘美に死を奏でろ死はドイツから来た名手
もっと暗鬱にヴァイオリンを奏でろそうしたらお前らは煙となって空に立ち昇る

と叫ぶ。この二行においても死におおわれた全体はあくまで黒く、立ち昇る死体の煙ばかりが白い。このような不吉な白と黒は、あけがたの白さや配給のミルクの白い黒さともども、狂気や死の想念へ至りつくしかないように思われる。

いまは黒に執着しよう。評論集『限界の文学』（河出書房新社）の著者・川村二郎はその『複数形の現実』のなかで、次のような河野多恵子の一節を引合いに出す——

> 静まり返った夏の真昼の墓地では激しい日照りに灼き尽された数知れない墓石が、皆一斉に白く輝き、燃え立つような熱気をめらめらと吐き淀ませているのである。——私はもう一度幸六の墓の前まで戻って行ったが、それを眺めているうちに、暗い地底で、幸六の肉体が冷たい溶液と化したその中に、腐り果てた、彼の黒衣と女形人形のかしらと衣裳とが、ひとつになってどろどろと浸っているさまを想像した。

またしても『心中天網島』とおなじく浄瑠璃的な世界！　河野多恵子が篠田正浩とともにここに〈白〉と〈黒〉を必要とするのは、それが情念にからまる死の世界を現出するためなのだろうが、この怨念のまつわりつく地底からの死熱は、たとえば真夏の広島に一度は降りたったことのある者が必ずや受けるにちがいない死熱でもある。この際どろどろと黒いのはぼくらの想念でもあるはずなのだが、ぼくらまでをもそうさせずにやまないのは、対象がぼくらを死の想念のなかにひきずりこんでぼくらを死の影のもとに立たせるからなのだ。芭蕉は〈ある人の追善〉にと題された連作で、〈埋火《うづみび》もきゆやなみだの烹《にゆ》る音〉〈埋火や壁には客の影ぼふし〉とうたう。〈ある人〉とは〈少年を失へる人〉のことで、煮えたぎる湯の音ともどもこの影ぼうしがおどろおどろしいのは、客の影ぼうしの背後にさらに死の影が映っているためだ。これはやや極論めくが、いわゆる象徴詩といわれるものは、それがゲオルゲのものであれホフマンスタールのものであれリルケのものであれ、究極には死の影のもとに立ったのではないかと考えるのが私見だ。その際、象徴とは眼前のものへの何ものかの投影であり、その影の主体は究極には死の想念であった場合が多いのではなかろうか。鏡面に、水面に、女性の眼に映るものは、神なき時代に救われようのない、行き場を失った死だったのではなかろうか。もちろん、これと河野多恵子や芭蕉の場合はやや事情を異にしているわけだが、特筆していいことはパウル・ツェランの場合、ひとつひとつの彼の詩に映っている死の影はあまりに濃すぎてもはや影とは呼べない、むしろ死そのものと呼ぶべきではないかとまで思わせる点だろう。したがって彼は、彼の初期の詩集の表紙の色を何かほかの色にしてそこに死を反映させようとはしない、それはもはや何ものをも映さぬ色、死そのものの色、喪の色、黒なのだ。パウル・ツェランは、両親をルーマニアの強制収容所で失っている。その屍《しかばね》たちとツェランの関係については――

夜のあいだの七時間、目覚めのあいだの七年間――
斧をもてあそびながら、
立ったままの屍《しかばね》たちの影の下に、おまえはよこたわっている。
――おお　倒れることのない樹木たち！――
枕辺には沈黙のかがやき、
ことばの屑を足もとにして、

おまえはよこたわっている、斧をもてあそびながら──
そして最後におまえは屍たちのように眼をしばたたかす。

（「斧をもてあそびながら」『敷居から敷居へ』より）

と歌われている。彼パウル・ツェランはたしかに死の想念よりも死体そのものの影の下に立っている。死体への想いがあまりに間近いために、死の想念ははるかに遠いのだ。あるいはまた、その死体＝死者たちの詩──

ふたりして死者たちは泳ぐ、
ふたりして、葡萄酒のめぐるなかを。
死者たちがおまえに注いだ葡萄酒、
そのなかを死者たちはふたりして泳ぐ。

（「ふたりして」『敷居から敷居へ』より）

の中でも彼の想いはおなじだろう。この詩行のなかで葡萄酒のなかを泳ぐというのは、もちろん宗教的な色合いをもつものにはちがいないが、ここで重要なのはむしろ生者が死者たちからの血の洗礼をたっぷりと受けていること、つまり生者が死のなかへひたされていることだろう。いかなる個人であれ、その生涯に一度や二度はそのなかにとっぷりと包みこまれたことがあるにちがいないあの死との隣りあわせの感覚、苦悩がそれ以上つのるならむしろ自身をその闇の中に没してしまいたい死と紙一重の感覚、それをさらにのりこえたもののなかへ、この時期のツェランは一途にひたりこんでいるようにおもわれる。葡萄酒という古来の象徴は、それが溶液であり酔いをもたらすものであるかぎり、破滅的な死の想念のなまなましさをかなり適切に伝えるものなのだが、パウル・ツェランの場合、単なる頽廃の気分にひたっているのではない、死者そのものと向きあっている彼には、そのややどす黒いと思われないでもない濁りのなかに、むろんまぎれもない血が見えているのだ。象徴とは、究極には、そのようなものであるのかもしれない。それは投影というよりはむしろ一致なのだ。そしてこのような場合、ぼくらは一般にそれを象徴とは呼ぶまい、それは幻想なのだ。パウル・ツェランが目の前に葡萄酒の流れを見ていて、同時に彼のうちにあって死者の影ぼうしがあまりにも黒々としているのなら、そのような葡萄酒を見る、とは、彼にとってはあまりにも直接な死体の幻想、死者の幻想にほかならないだろう。

ひとりの人間の内的衝迫が急ならば、その人間はいわゆる詩学的意味の象徴以前に幻像を見てしまう、象徴とか比喩とかを考えるいとまもなく幻像を見てしまうのではなかろうか。読者が一つの像にゆっくりと比喩なり象徴なりを読みとることはまったく自由だが、書く者にとっては、もしかすると、比喩なり象徴なりの作為は明確な形では後にも先にも存在しなかったのかもしれない。カフカにとって甲虫はひとつの比喩だっただろうか。彼は甲虫に託しておのれを語ったのだろうか。そのような見方ももちろん可能だが、ぼくにはやはり、彼がある朝どうしようもなく甲虫と化してしまったおのれの姿を見てしまったのだと思えてならない。つまりそれほどにもみじめさが彼と甲虫との距離をなくしてしまったので、そのような場合、このような想念はむしろ幻覚と呼んでしまったほうが早いのではなかろうか。ホフマンスタールは、ある対話体の詩論のなかで、みずからを刺すかわりに腕のなかの牡羊を刺してしまった男の場合を報告している、これこそが象徴の意味なのだ、と。しかし、だからといって牡羊を刺すことを自殺の代わりにしても、もう遅い、切実さは薄らぐ。ここからはじめてもう一度別の牡羊を殺したとしても、もはやその男は永遠に死なないだろう。象徴は慣習的儀式ではない、一回かぎりの詩的行為だ。それは刹那の幻覚であらざるをえない。

死体視、死者の幻像。ほとんど腹を抱えて笑いころげたいほどにも皮肉なことだが、死体と死者を頭の中に抱えこんで歩きまわるものは、いわゆる観念的な〝死〟の向こうに自分にとってかけがえのなかった死者のまぼろしの現われるのを見てしまう。生きている自分が切羽つまった挙句、崖の向こうに死者のおもかげが現われるのを見てしまう。それは幻覚だといってしまってもいいのだが、皮肉なのは、この死者の幻像が何かしら救済めいた光りを放つことにある。前にあげた詩とは別の詩でパウル・ツェランは、今度はまぎれもなく血を見る。それは手さぐりで盲目同然に進む〈ぼくら〉が闇のなかに見いだす血だまりで、読者としてもほとんど体を二つに折って笑い死にしたいほどの発見は、

血は輝いていました（「暗闇」）

である。死者の血のかがやき！

そんなものを何の象徴とも呼ぶことができないと叫んだとき、フランスにおいてはおそらくマラルメからランボーへのやや痙攣的な移行があったろう。類推の魔以上の錯乱の魔にとりつかれた末にランボーは、ただ見えるものを見た。その展開が自分をとてつもない狂念に駆るほかないだろうと悟ったとき彼は、さっさと旧世界を去った。

その後から来たシュルレアリストたちは、自分を用心深く実験部屋や仲間うちに囲うことからはじめたといっていいだろう。ここならランボーが帰ってきても安全な場所であったわけだが、しかもアントナン・アルトーのように真の発狂におちいった詩人もいるのだ。

ツェランにあってのはっきりした幻覚は、声としてやって来ることが多い。第三詩集『ことばの格子』（一九五九年）の冒頭の「声たち」は、いわば真暗闇のなかにあるツェランが幻聴のようにして聞いた声である。

イラクサの道からの声たち——
おいで、逆立ちして、私たちのところへ。
ランプとふたりきりでいる者だけが、
ランプから読みとる手を持つ。

『ことばの格子』はこのような悲しみの声に満ちている。このような声が目に見えるように

なるとき、それは例えば石の姿をとって、
聞こえる(夜明け前?)——ひとつの石が、
ひとつの石が、もう一つの石をめざして進むのが。

(「夜」)

となる。すると次第に目に見えるものになるひとつの石につづく石たちは、やはり夜のなかを
進みながらも——

飛ぶ鳥、飛ぶ石、千の
えがかれていく軌跡。まなざしは、
うばわれ、摘まれる。海は、
味わわれ、酔い痴られ、夢まどろまれる。一刻、
魂ら昏む。次の刻、秋の陽ざしが
もたらされる、ひとつの盲目の
感情に。
それはあの道のべをやって来た……。

(「万霊節 Allerseelen」部分、『ことばの格子』より)

と空を飛ぶ石たちになる。この後のほうの詩行は、少なくとも原詩では、ぼくらの目をちかちかと刺すように触れてくるもので、視野全体がまだ眩暈のなかにあるのだと思わせる。この詩に対応するジゼル・ツェラン＝レストランジュの銅版画の作品がある。ここに掲載したい。

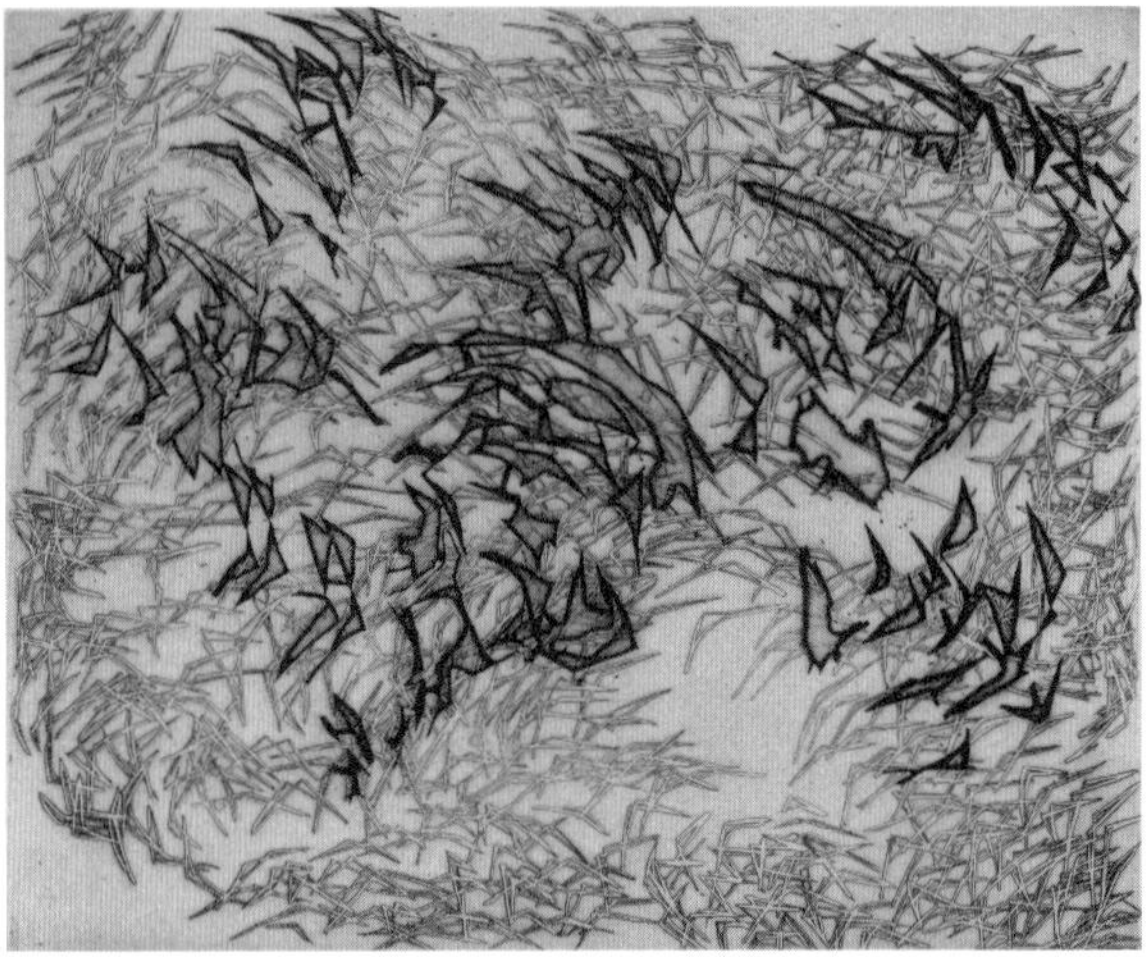

ジゼル・ツェラン＝レストランジュ《魂たち》1963年

一方この切迫したリズムそのものは息をとぎらせがちの巻末の長詩「迫奏《ストレッタ》」に直結する。この「迫奏《ストレッタ》」の中途には――

見える、新た
に――あの
線条《すじ》たちが、あの

合唱が、あの時の、あの
頌栄が。讃メ、讃メー
タタエヨ。

というような詩行も現出する。ここにいわれている線条とは、おそらく〈それが誰であったかは忘れたが〉ある詩人が、物みなの上に走っている線条、それに針をのせれば物みなそれぞれの音楽を発する、といった意味での線条だろう。この詩の歌い手は夜のなかを、しかも旧強制収容所のなかと察せられる夜のなかを歩いていて、切迫したその息づかいのはてに、このようないわば天上の声を聞く〈詩という〈芸術作品〉の何というまやかし！　詩人自身はいかなる危急の場にもついに現われることのなかった神をもはや信じていず、するとこの性悪の神は、ただ詩のなかでだけ、最後まで彼を讃めたたえることをやめなかった死して横たわるものたちのために、彼らの魂をなぐさめようと、詩人の幻聴というまやかしを借りて現われるのだ)。このような幻覚は——

来た、来た。
ひとつのことばが来た、来た、
夜闇を縫って来た、
輝こうとした、輝こうとした。

というような形をかりても現われる。この幻覚はついには色彩をおびて、ツェランは数行後に、分離された夜のなかに、緑や青や黒の円形、赤や明色の方形の湧出するのを見るにいたる。抽象絵画のそれにも似たこのような美はハシーシュやメスカリンのせいではなく、死者への優しみのせいなのだろうと察せられる。このようなときツェランの読者は、現代におけるもうひとりのエリュアールを発見するかもしれない。その亡きエリュアールに捧げられたツェランの詩は、あまりにも美しいのでここにどうしても引用したい。

ポール・エリュアール追悼

ことばを死者とともに墓へ納めよ

生きんがために彼が語ったことばを
彼の頭《こうべ》をことばのあいだに横たえよ
彼をして感じしめよ
あこがれの舌を
鉗子《かんし》を
死者の瞼をことばもて覆《おお》え
きみ　と呼びかけたその人に
彼があたえなかったことば
彼の手にひとしくあらわなひとつの手が
きみ　と呼びかけたその人を
未来の木々にいましめたとき
彼の心臓の血がそのほとりを躍りすぎた
ことばを

そのことばもて死者の瞼を覆え――
おそらくは
まだ青みをとどめる彼の眼の中に
さらに気《け》疎《うと》い第二の青みがあらわれるかもしれぬ

そして　きみ　と呼びかけたその人は
彼とともに夢みるかも知れぬ　ぼくたち　と

（川村二郎訳、『敷居から敷居へ』より）

安東次男の註釈によるエリュアールはややエロチックなほうへ行きすぎであるとしても、幻覚は元来、それがぼくらの無意識の本能の領域をつきおこしにやってくるものであることだけを考えても、十分になまめかしい性愛的なものでありうる。ツェランの場合、彼の幻想のうちに、臥床をともにした女性も幾度も登場するのだが、この女性との情事は、しかしながら、エリュアールの場合と同様に、何という優しみにあふれていることだろう。しかもこの女性は、もはやこの世のものではない影の女なのだ。彼女は闇のなかを歩む女性であり、この闇はどうやらともに眠っている〈ぼく〉を包んでいるのとは別の闇、夢みられる別世界をおおっている闇らしいのだ。〈ぼく〉が眠っているのとは別の〈もうひとつの夜〉にまみえることのできた女性、その女性はありありと現前し、たしかに手にふれてみることもできた相手なのだが、しかも〈ぼく〉はそのとき一体どこにいたのか、ぼくのありかはどこにあったのか、ぼくは仮死の状態だったのか、といったとまどいのなかの問いが絶えない。このような夢の世界の架構はそれだけでも十分に美しいものでありうる。そのなかでの生起事はすべて空虚であり、その空虚感が美をいやがうえにもつのらせる、といった構造はぼくらにもよく知られている。しかし、美は、詩は、美学や詩学とはあくまで別物だろう。ぼくらが見るのは形態以上に発生であり、ツェランが彼の夜をもうひとつの夜（Aber-Nacht）というとき、Aber《もうひとつの》といういわれかたには、このような夢の世界をなんとしてでも現出させずにはおかない強い希求がこめられていることを、もちろんその際の歎息にも似た強い徒労感ともども、ぼくらは感じとる。亡き恋人に触れるのは幻触であるとしても、この幻触は現実以上に真実なものでなければならない。詩人は、別に夢のなかでなくとも、現実とは別の、現実の向こう側、うら側の世界にまわりこむことができる。優れた詩人たちにぼくらが驚嘆するのはこの能力、見えないものまでも見てしまう能力だ。彼らは——それぞれの内的な衝迫にしたがって——眼前にはないもうひとつの現実を見つめる。その放心の顔は、やはりむしろ狂人のそれに似ているといってさしつかえない。ゴッホやニーチェやアルトーはもとより、どうしてトラークルや、リルケや、カフカまでが、あのようなうつけた顔、うつろな眼差しをしているのだろう。彼らが見守っているのがまさしくうつろなもの、ないもの——しかも彼らの情念があらしめているもの——しかも彼らの悲しみがないと観じているもの、それをあくことなく見守りつづけているためではなかろうか。

　このような詩人たちの悲しみは、これらの幻像が、彼らのことばではもはや及べないと思われるところを動きまわっていることにある。レトリスムの詩人や、詩を歌うコンピュータは、彼らを嘲笑の的にすることも可能だが、いかんともしがたい相違は、このような詩人たちが言語以前にある種の想念や情念を抱いてしまい、そのために言語もそれらから——ということは究極には彼らの肉体から——切り離しがたくなってしまっていることだ。したがってパウル・ツェランも、その意味では、もはや古くなった詩人ということもできる。彼にできる芸当といっては、せいぜい前にもあげた——

いつ、いつ、いつ、
いいつ、いつ《ヴァーン・ヴァン》、そう　狂念《ヴァーン》——

とか、第五詩集『息のめぐらし』のなかの、

Tiefimschnee《ティーフイムシュネー》（ゆきのしたふかく）
Iefimnee《イーフイムネー》（きいのしいたふけぇく）
I-i-e《イイエー》（いーいーえ）

とかいったもので、これは言葉のひきのばしや切りつめであると同時に、いささかマゾヒスティックな肉体の拷問でもある。シュルレアリスムの自動筆記は書き手の想念のいつわりのないなぞりかたを提示した。この意味ではパウル・ツェランも一人のシュルレアリストであるといえる。しかし、彼にとってさらにそのうえ問題となるのは、その想念がなんらかの事情でもはや機能しない涯まで追いつめられたとき、ことばは、肉体はどうなるか、だろう。この点に関して彼は、それ自身ほとんど狂気にも近い解決を指し示す。ビューヒナー作の『レンツ』は、と彼はいう、狂気のさなかアルプスをさまよっていて突如思わなかっただろうか——自分がい

まこのとき逆立ちして歩けたら、と。彼がもし事実逆立ちして歩けていたら、彼の足下にひらけていたものは青空です、と。つまり、このような狂念はおそるべき危機の瞬間とそれからの必死な脱出の意志をふたつながらにあらわしている。表現にもたらされている内容自体はどれほど不条理であれ、それこそが沈黙をつんざいて出てきた真の詩のことば、非日常的なことば、〈反言語〉なのだ、とツェランはいう。このことばはおよそ現実的には何の意味ももたないことばでありながら、沈黙の闇を一瞬つきやぶって、その間にかいまみえる空隙を、白いひろがりを、徒手で打つ。空無に立ち向かうとは、それ自体むなしい行為であることは十分に知られている。しかし、パウル・ツェランのいいたいのは、究極には、この救われの空無だけはどうしてもあらしめてみせるのだ、あらしめてみせずにはやまないのだ、ということだろう。読者としての危惧は、むろん、この白のきりひらきはさらに大きな狂気の到来を招くのではないかということだ。『ことばの格子』(一九五九年)『誰でもないものの薔薇』(一九六三年)『息のめぐらし』(一九六七年)『糸の太陽たち』(一九六八年)と年ごとに絶句にも近い境へ進んでくる彼は、いわば純粋詩への距離をつめながらも、自身をひどく苛んでいるように見受けられる。詩作の母胎たる自己への嫌悪を歌うか、めんめんたる死者への憧憬を歌うときだけ、彼の詩はなおのびやかな呼息を保っていられるかのようだ。彼のまなざしはうつろさの放心から一歩出て空無を強い視力で直視しようとする。存在するものに対して彼は二度までも否をいう、その断言の強さのもとに空無を真にあらしめて、彼にとっての無きもの(亡きもの)の真のありかをつきとめようとするかのように。するとそれは、かつて存在したものがもはや不在であることへの怨念に満ちみちた復讐ともなる。

どこにもない咬傷。

それをもおまえは
とりさらなければならない、
ここから。

（「咬傷」『糸の太陽たち』より）

このような凝視は仮の空無を真の空無になりかわらしめようとするもの、いわば泣きつくした目が、涙も乾かぬままになおも見つめようとする凝視だろう。これほどに強い否定は――と読者であるぼくらも励まされて思う――もしかすると狂気をのりきる正気のどこにもない在り場たりうるかもしれない、否定の行きつくさきにどこにも存在しない存在があらわれるかもしれない。この場合作者のツェランはまちがいなく神とか死者とかを念頭においているにちがいないのだが、このような否定のありかたの同様なパターンとして、その対象こそ「自然」というもっとも身近なものではあるけれど、芭蕉の次の一句をここに掲げることはゆるされるだろう、その句はすなわち――

石枯れて水しぼめるや冬もなし

芭蕉のこの否定は（パウル・ツェランに比べれば軽度ではあるけれども）、冬もなしといいきることによって、冬以上にも厳しい冬をあらしめてしまっている。このようなとき、そこに加わるのは断言を引き起こした信仰の要素で、もし信仰ということばがあまりに宗教的にすぎるなら、それを人間のなしうる想像の力の最高の形態といいかえてもいい。否定のいきつくはてに肯定が、空無の見極めのはてに存在が現われないとは誰が確言しえよう。神は、愛する死者らは、ない、ないと強く否定する場合、否定せざるをえない場合と、ある、あると肯定する場合、どうしても肯定せずにはおれない場合とは紙一重であるのだから。

しかもやはり、詩は、ついに信仰にまではいきつくことなく、永遠に地上をさまよう宿命のものだろう。ぼくらはただ――ここまでパウル・ツェランを追って来たものとして――彼の詩の最後までを見守るばかりだが、まちがいなく確言できることは、彼がこの絶対点への接近だけはじりじりと試みつづけるだろうということだ。神とか死者とかへの接近がもしほとんど本能的な人間本性の促しによるものだったら、このような絶対点への接近は、日本でも、すべての詩人が知らず知らず誘われつづけている試行であるとはいえまいか。

（一九七〇年一月）

ツェランのEROSと死──『絲の太陽たち』

ツェランの詩は強制収容所を歌ったものであるという言いかたは、あながち誤りではない。ツェランの詩をひとことで要約しろといわれたら、そういうことになろう。ユダヤ人だったツェランは若いころ最愛の母をナチスの強制収容所で失い、この心の傷つきを一生涯詩にして歌いつづけた。この意味では強制収容所のテーマはツェランの生涯の詩全体を一つにしめくくっている最大公約数である。

しかし、今回の詩集『絲の太陽たち』(ビブロス、一九九七年)の訳者解の後のぼくの感想は、この最大公約数ほど網羅的ではないが、この詩集の中の詩全篇をいくつかのグループに区分けできる公約数も存在することだった。このテーマの数は十いくつ。このうち最もセンセーショナルに思われる性愛《エロス》のテーマの詩から話を始めることにしよう。

痙攣《けいれん》、きみが好きだ、頌歌、

きみの峡谷の深奥の感じやすい壁という壁が
欣喜雀躍《きんきじやくやく》する、壁に精液を塗られた女《ひと》よ、
きみは永遠の、永遠化されることない女だ、
永遠化される、非永遠の女だ。

ほうら！

きみのただなかに、きみのただなかに
ぼくは骨の棒の筋跡をつける、歌いながら。

赤く赤く、恥毛のはるか背後の洞窟の中で、
妙なる音色のハープが奏でられる。

洞窟の外の周縁では
いかなる追復曲《カノン》でもない、永遠の追復曲。

きみはぼくに九重にも編んだ、
滴したたる、
グランデル苺《いちご》の冠を投げかける。

（「痙攣」）

この詩がセンセーショナルなのは、交合の描写を直接的に行なっているからである。詩題ともなっている〈痙攣〉は、いうまでもなく女性の側のオルガスムスである。その直後、感極まった男性の側からの呼びかけと讃嘆の声が上がる（〈頌歌〉は元来神への讃歌であるが、ここでは女性が讃めたたえられている）。二節目は女性のクライマックスの持続であり、時間的には前後するが、五節目は男性性器の挿入である。最終節は、事後の女性の讃嘆の表現である。

以上がポルノ文学顔負けのこの詩の性愛描写である。しかし、この詩がポルノを抜いているのは、性の直接的な行為が詩のことばによってこの上もなく優雅に言いあらわされているからである。そこに現出したのは、男女の間のみずみずしい情感とこまやかな情愛である。

ただし、ここで気になるのは、天真爛漫な性交の様子を歌っているようでいながら、そこに見えかくれする暗いトーンである。それはとりわけ〈頌歌〉に始まって〈永遠〉とか〈追復曲〉とかいう言葉にこめられていることを、ツェランの愛読者はもう見抜いているだろう。

この「痙攣」の詩に似た内容の詩に「悪魔のような」がある。そこでも女性の膣の中での甘美な〈ハープの楽の音〉が鳴りひびいている。早朝の〈光の沼〉が〈ぼくらのからだづたいに——あなたのからだづたいに／高まりつつ吠えたける〉。しかし、ここに登場する男性はどうやら暗い過去を持っており、〈あなた〉のために明るいはずのこの詩の反面は、あくまで暗い。「種馬」や「天使と同じ質料の」も性的な詩、とりわけ男陽に関係がある詩である。「種馬」では、この種馬に交尾される女性は、種馬が呪われた運命を持つために、ともに激湍《げきたん》に落ちなければならない。「天使と同じ質料の」では、一組の男女がファロス状に一体化されて新しい天地創造の日を迎える。つまり、この二つの詩とも性的な事柄に関係しながら、その内奥は陰々滅々としている。

性愛の詩とならんでツェランが自分の自殺を予告していると思われる次の詩「近くの」も衝撃的である。

近くの
水中の坑《あな》から
まだ眼覚めていない両手で
シャベルのように掬いとられる灰緑色のかたまり――
深い水底は
その栽培植物を、誰にも聞きとられることなく、
抗うこともなく、差し出す。

この栽培植物も早く、
収容すること、
石の日が、
人類や動物の群れを
彼らの口の前にしゃしゃり出る死神の
七つの穴のフルートのお望みどおりに、
吹き払うより前に。

この詩の最初の水中から引きあげられる灰緑色のかたまりはツェラン自身の水死体と見なされる。

自分を水死体になぞらえていると思われる詩は、詩集『迫る光』(一九七〇年)の中の「満ちはじめる潮が」もそうである。ここでは水死体を水中の藻がとりまく。これはオフィーリアのイメージだといわれればそれまでだが、自殺直後に出版された『迫る光』には自分自身を死者に見なした詩がとりわけ多い。

一九七三年にパリのシテ島のそばのフリンカー書店に立ち寄ったとき、ツェランと昵懇《じっこん》の店主が、ツェランが投身したのはセーヌ川にかかるミラボー橋からだ、と言ったことがある。そのせいで、数年前に詩集『誰でもないものの薔薇』(一九六三年)を訳していて、

受けた数かずの傷に
舞い立つ力を得て
そこから
生の中へと
彼が身を躍らせた
ミラボー橋の
敷石について。

（「タルッサからの本に添えて」より）

という詩行があるのに気がついて大いに驚いた。一九九五年に出版されたジョン・フェルスティナーの『ツェラン伝』には、ツェランは一九五三年に一度ミラボー橋から投身自殺しようとして未遂に終わったという記述がある。このような事実は、自殺願望を孕む彼の精神異常が非常に早い時期からきざしていたことを証拠立てるだろう。

ツェランには〈狂気〉を扱った詩が少なからずある。詩集『絲の太陽たち』の冒頭の「刻々」はその代表的な例である。ここでは、ビューヒナー作の短篇『レンツ』の主人公が、自分に迫る狂気をまじろぎもせずに見すえている。「巨大な」も、やはりビューヒナー作の劇『ヴォイツェク』からの一場面。自殺の場所を求めてさまよう主人公の異常な精神状態が描かれている。「力、暴力」は、自分の片耳を切りとって友人ゴーギャンに送りつけたゴッホの逸話に題材を取ったもの。ここでは激しい狂気が話題になっている。「鳩の卵大の腫瘍」は、晩年のライプニッツの性急な思考には、彼の後頭部にあった腫瘍が一役買っていたと述べている。ここにも狂気のきざしがある。

これらは他人の作や他人に仮託してツェランが自分自身の精神の変調を語ったものと受けとることができる。実際にツェランは一九六三年以来精神病院に入退院をくり返していた。

他人に仮託しないで直接に自身の精神錯乱を歌ったものには「こんぐらかった頭の中よ」がある。自分が新しい出発をするためには、からまった帆布のような頭の中をナイフで切り分けて整理する必要があったと述べているが、この苦悩の中には一九六七年以来の夫人との別居も含まれている可能性がある。「よるべなく」もやはり夫人との別居の詩であるかもしれない。しかし、この別居は夫人との不和というよりはツェランの精神の変調が主原因であったらしく、離婚ではないことを今は亡い夫人もぼくに強調したのだった。

「あなたの両眼を腕に抱きかかえて」も、精神の困惑を孕む詩である。詩の中の主人公は死者を腕に抱きながらの自分の居場所がどこなのか分からなくてオロオロしている。死者との共在の場所は現世にはないという意味で、この詩は不可能を歌った詩であるが、それに対する作者の歯痒さが大きいだけに、この詩は狂気への傾斜を持つ。もう一篇、「斜めに」も、死んでいる人間たちと自分を同一視するという点で異常であり、ここではその自分はすでに道化師という狂気じみた相貌を帯びている。

右の二篇の詩では、狂気が死者との関係において生じていることが重要である。ツェランにとって、死者がよみがえって自分の前に現われてくれないのは、矢も楯もたまらないことだった。ここにはまず、死者に対する尽きることのない憧憬がある。そして次に、ツェランにとっての死者とは、母親を代表とする強制収容所で死んだユダヤ同胞であったために、そのような災厄の場に救いの手として現われなかった神への抑えることのできない憤りがある。このような想定は単純に思われるかもしれないが、ツェランの詩には、幼時からその存在を信じてなれ親しんだ神へのこだわりが抜きがたくある。

〈神〉の否定は、〈神〉を〈誰でもないもの〉に置きかえる方法でこれまでにもしばしば行なわれてきた。詩集『絲の太陽たち』には真っ向からの神の否定はないものの、「人形のかたちをしたユキノシタ」や「その者とともにいる」や「ぼくが分からないでいると」のような神の無力や不確かさや不在を示す詩が収められている。これらの詩はどれも古代あるいは中世のユダヤの宗教譚の形をとっている。このような譚はすでにツェランの処女詩集『罌粟《けし》と記憶』のなかんずく冒頭に現われていた。そこではどことなく悠長に、ゆとりをもって神への反逆が語られていたが、その悠長な調子がこの詩集の中でいくらかは取り戻されているように思われる。しかし、この種の詩はよく読むと、ユダヤの神がそれを信じてきたユダヤ民族ぐるみ否定されているようで、そこに生じる欠落感や寂寥感は、論理的否定の詩より大きい。

神の不在を歌うことは、この世界の空虚さを歌うことにつながる。「偶然はいかさまだ」や

「誰が支配しているのか」や「高い世界は」などがそれで、そこではわれわれが生存する世界の根本的意味に対する懐疑や不信が覆いがたい。ここでの主《しゅ》は〈つかのま雨となって降る主〉であり、この〈生〉は〈色彩たちに包囲され、数字たちに攻め立てられ〉、〈高い世界〉は失われて、今では〈どこにもない場所〉になっている。神を喪失するとともに人間界の虚偽をすべて引き剝がし、本来の世界をむきだしにしようとするツェランのこの姿勢は正しいが、彼にあって問題なのは、そのようなときの世界があっけらかんとした虚無の相下に見えてきてしまうことである。

このようなとき、人間の歴史も意味のない時間の展開のように見えてくる。「圧延されている」は、地上をこのようなのっぺらぼうの平面に見なして、ここに生起するすべての事柄は究極には意味のない徒労事であるかのように歌う。歴史の継続は匈奴焼きパン《フンネンフラーデン》が焼き上がって行くプロセスのようだという見立ては、いくらか誇大妄想的だが、しかもそこに出現する〈酵母菌《イースト》の叙唱《アリオーソ》〉や〈先史以来の蹄の音〉などは美しい。「覆い」も神を失ったあとのこの世界の不可解性を扱っていると見なせよう。この世界はどのようにも解釈することができて、そのためになおさら混乱しているというのである。

「おまえが災厄の破片を見つけたので」は人類の歴史の無意味というよりは、人類絶滅の核戦争のあとの荒漠たる光景の詩である。「あなたの封印はすべて破られた？　いや決して」は、このような核戦争に反対する詩である。ツェランには一九六〇年代のヨーロッパの知識人に一般的だった政治参加の詩もいくつかあって、この二篇はそのような傾向を持つ詩である。「丘の列にそって」もベトナム戦争をめぐる政治参加の詩だろう。
核戦争や限定戦争による人災ではなく、もっと予測不可能な天災を歌った詩がいくつかある。「はい出た」や「時がきた」などがそれである。「はい出た」では、突然出現した太陽に右往左往する甲殻両棲類や、しおたれる黒穂病の草が歌われている。これは暗い過去を持つ人類にとっての災厄だろう。「時がきた」にも、人類にとっての死の時の到来が告げられている。このような天災の詩は、例えばいつ何時起こりかねない地震などへの恐怖の詩として、戦争を歌った政治参加の詩よりも説得力が強い。

しかし、人災によるものであれ天災によるものであれ、ツェランは〈死〉を詩の対象にして書くことに闌《た》けた詩人だった。おそらくモーツァルトの臨床のシーンを扱った「天国に安らうようにくるまれて」などは、死の訪れを冷静に見きわめていて圧巻である。とりわけ最終行の〈瞼《まぶた》の反射数、／ゼロ〉は自然科学的に正確で読む者を安心させる。「住みついた、離れていく」は、磔刑にあって死んでいくイエスを描いたものと思われるが、たとえられているトンボの死はやはり自然科学的な記述の助けをかりていて、その客観的な部分で真実性を高めている。「永遠も」も死を扱っている。古代ローマの墓に眠る死者たちを想う詩で、想いやっている主体は〈冥界の花〉を意味するアスフォデーレという体裁をとっている。ここで歌われている状況は、死の静寂とか不気味さである。その中心にいまはこの世にないローマの死者たちがいるわけだが、このローマ人たちが強制収容所で死んだユダヤ人たちを連想させるところに、このツェラン詩のツェラン詩たる所以がある。

ツェランは死を描き、死者たちを描いた。しかもこの死や死者たちは、それがどう一般的に描かれていても第二次世界大戦下のユダヤ人強制収容所での死や死者たちを想わせるものになってしまうというのが、彼の詩の運命だった。「白いざわめき」は作者の自宅の窓ごしに射しこむ光を描いている。しかも、この光の流れの中には投壜通信が浮かんでいて、この壜の中には死者たちの声が詰まっているという。この死者たちもやはり、強制収容所内の死者たちを想わせるだろう。あるいは、「ダストシュートの合唱」では、作者がごみを台所のダストシュートに投げこむと、ごみということから大きなごみ捨て場、大きなごみを捨てるための穴、そして強制収容所内の死者たちを捨てるための穴を連想し、したがってダストシュートの音はその死者たちの声であるというように、この詩は展開する。

「永遠に深い地下坑で」や「にぎにぎしいアナウンス」の中で声を上げている死者たちも、どう見ても強制収容所での犠牲者たちである。ツェランの詩にはこのように強制収容所の詩とはっきり分かる場合がいくつもある。

「右手に」や「アイルランド風に」には、〈あなた〉という呼びかけのもとに一人の死者が登場するが、この〈あなた〉は女性で、同衾《どうきん》の相手らしい雰囲気が漂っている。「太陽年を投げ捨てよ」や「二人の」も海上を漂う一組の男女の詩で、そのうちの少なくとも一人はすでに死体となった人間である。男性が死んだ女性と抱きあって漂流するうちに、男性の方も死んでしまうという筋立てを考えてもいいだろう。しかも、これらの詩で奇妙なのは、男性にとっての恋人といってもいいこの女性が、ツェランの詩全体からの印象では、同時に母親をも髣髴させることである。

〈母親〉のテーマは、ツェラン詩の中ではことのほか重要である。母親の死を直接哀切に歌ったものがあるということのほかに、右のように恋人を歌ったものも、それがいつの間にか母親になりかわるという事実は並々なことではない。ツェランには戦時中に死んだ恋人はいなかった。彼が戦後悼みつづけた女性は母親とみるのが妥当である。それが同衾の相手であるとは、おそらくツェランの詩の性格に関係がある。ツェランの詩では〈あなた〉が女性である場合、それが母親とも恋人とも、そして妹とも区別がつかなくなってしまうことが多い。ある評者の説によると、この三者を同一視してしまうような極端な場合がユダヤ思想の中にはあるという。ツェランの詩はもしかするとそのような影響を蒙っているのかもしれない。

ツェランの詩には旅の途上の偶感詩が多い。そこで詩集『絲の太陽たち』からも旅の詩を取り出してみると、「リヨン、射手たち」、「頭たち」、「ポー、夜」、「ポー、後刻」、「心の文字のパン屑を一面まきちらしたような」などである。このうち、最初の二篇ははっきりと死んだ〈あなた〉を念頭に書いた詩である。「ポー、夜」は何か形而上学的な事柄を、「ポー、後刻」は再度亡き女性を、そして「心の文字のパン屑を一面まきちらしたような」は何か心の性急さのようなものを旅の途上の風物と同時に歌っていると感じられる。つまり、ツェランの詩は、たとえ旅を歌っていても、それ以外の想念を歌っている場合が多く、これは前にもあった、言いたいことを何ものかに仮託するツェランの詩の別例である。

〈詩〉に関する詩もいくつか見られる。ツェランは詩を書くことに法外な望みをかけていた。それは、ひとことでいって、詩作によって死者に辿り着きたいという望みだった。この望みの実現のためには、言葉にその最大限の力を発揮させなければならないというのが彼の考えだった。もちろんこの場合の力には、言霊としての力というほどの意味も含まれる。このような言葉への要求は「言葉の洞穴《ほらあな》に豹の毛皮を」あたりによく現われている。あるいは、このような望みのもとでの言葉の駆使は、およそ現実と乖離するイラショナルな発声を生むこともあって、「外を」の中の、〈ぼく、水夫《かこ》は（海の上を）歩む〉のような文句はその一例である。「饒舌の壁また壁が」は、そのような法外な詩への望みに照らしたときの、自分の実際の詩への自嘲である。そして「盲目の魂になった者」や「難破船のようにばらばらになった禁忌」は、言葉に対するこのような望みによって破綻した詩人の自画像といえよう。

「苦渋にみちた熱燗のワインを飲みながら」や「誰がふるまったのだったか？」などは「飲酒」の詩といえる。ツェランの飲酒の詩は不思議なことにランボーの『地獄の季節』に似かよってくる。悪酔いを孕んだ詩だが、いたずらに観念肥大的な崇高な詩よりはこちらの方がいい出来映えであるといったことすら起こる。いずれにせよ、これらの悪酔いを通してわれわれが実感するのは、作者であるツェランの苦悩の大きさである。

詩集『絲の太陽たち』に現われた詩のテーマは右に尽きるものではない。自分の妻の〈絵〉にまつわるものもあるし、一九六〇年代末の大学紛争を歌ったものもある。しかしこれらについて書くにはもう紙数が尽きた。

最後に気になるのは詩集の最後に置かれた「思ってもみよ」で、ユダヤ民族の過去の暗い運命に思いを馳せて書かれた。このような詩は、今回の詩集の次の遺稿詩集『迫る光』の終わり近くにも見出される。晩年自分の死を予感していたツェランの民族への信条告白だろうか？

（一九九七年十一月）

※邦訳刊行後、当該詩集のタイトル表記を『糸の太陽たち』に統一した。

第三章　傷を負った作家たち

罌粟《けし》と記憶——ドイツ四七年グループの詩人たち

語れ、語れ、——について

——の部分は何であっても構わない、この文句を一種淫靡な気をこめてくり返すならば、われわれはたちどころにギュンター・グラスの饒舌の圏内に入っている。ギュンター・グラス、彼の作品としてはこれまで『ブリキの太鼓』と『猫と鼠』の二著が邦訳されているが、そのそれぞれの場合、この〈——〉の部分はまさしく〈ブリキの太鼓〉でもあれば、またある少年ののどに張り出た異常に大きな〈喉仏〉でもあった。それはまたさまざまな玩具、〈案山子《かかし》〉や〈人形〉、あるいは女性の〈性器〉であってさえよかったことが、小説に先行する彼のいくつもの詩集から読みとれる。これらの事物への異常な執着は何なのか？　対象は不相応に拡大されて見え、それへの執着力はおどろおどろしい迫力をともなって読む者のおっくうがりを圧倒するのだが、この〈語れ、語れ〉の口調からどすぐろいとぐろとなって立ちのぼってくるものは、ほかならぬ作者の〈記憶〉、そのまわりに大きく濃密にとりまいている〈過去〉なのだ。〈グラスの詩は特有の物語性のために、たとえ現在形で書かれていても過去形に受けとれる〉。〈語れ、語れ〉とは〈喚起せよ、喚起せよ〉という記憶への呼びかけであり、しかもこのあらあらしい呪術的言葉によってよみがえらされた過去のあらあらしい日々の雰囲気は、現在のグラスの完璧な言葉の暴力によって取り籠められてしまう。この言葉の暴力性はそのまま現実にむけば、激しい批判とも弾劾ともなるのだ。

　このような傾向はグラスの場合、ほとんど本能的な衝動だが、いわゆる〈四七年グループ〉の彼の僚友たちを見ても、濃淡の差こそあれ、それは彼らみなに共通してそなわっている。その幾人かを例にとると——まず何よりもエンツェンスベルガー——、若い詩人としての彼は、ほとんど無意識に第一筆を下ろす。そこにひらけてくる詩圏はしかし、〈永遠〉などといった観念に代表されるような高遠なものではない。それはわれわれにとってどこかよそよそしいながらも新しくて身近かなもの、地上的なもの、日常的なもの、大衆《マス》社会のものなのだ。この詩圏の網目がぴんと張りめぐらされればされるほど、エンツェンスベルガーの意識も明確化してくる。彼は嗅覚的になって何かを嗅ぎつけようとする。そしてそこに摘発されてくるものはほかならぬ大衆社会の悪、昔ながらの体制の悪、連帯の悪なのだ。ギュンター・アイヒ。多くの放送劇を書くこの詩人の耳にきこえているものは〈想い起こせ　想い起こせ　memento memento〉の警めだ。謎をはらんだ自然の奥にあるものはかならず、悪夢に近い彼の過去の日々の想い出だ。インゲボルク・バッハマン。リルケ、ベン以後の正統的な悲歌詩人と目された彼女の行く手は、次第に現代からも取り残されていく悲劇のうちにしかないように思われるが、しかも彼女にあって本物と思われるのはその出発点にある。取り返しのつかぬ過去への慚愧、悔恨の感情だ。カール・クロロウ。優雅さが身上と思われるこの詩人の作品にとりえがあるとするならば、それは彼の詩のほとんどが還っていく幼時の回想、そこでの（必ずしも美的でない）おののきだ。ヘルムート・ハイセンビュッテル。言葉の工学的分解と組合せ。彼の即物主義は恬淡としているようでいて、かならずしもそうではない。何かをてらっているようにさえ見える。バッハマン流の幻想は破壊されるものの、そこに生じる不協和音は、昔の記憶からのおき覚めから必ずしも覚めていない。戦線で失なわれた片腕への想い出は失われていないのだ。

これら忌まわしい記憶を喚起しようとする詩人のグループに対して、むしろ忘却をのぞむ二人の詩人がいる——ネリー・ザックスとパウル・ツェラン。彼らはいずれもドイツ詩人というよりはユダヤ詩人で、実際、戦時中身内を失なったり強制労働所に収容されたりの体験を嘗めている。それを考えれば、この一見別々の記憶想起と記憶忘却の詩人たちの詩作は同じ源から出ていることが分かるはずなのだが、どう血迷ったものか最近日本でも次のような奇怪千万な発言がなされた。ネリー・ザックスの作品は芸術的に昇華されていて実に立派だ、それに比べるとペーター・ヴァイスの劇作品は単なるナチズム糾問やヴェトナム戦争批判に終わっていて見苦しい、と。ペーター・ヴァイス（彼は詩作品は書かない）は同様ユダヤ系の作家であっても、ツェランほどの個人的迫害の苦痛を嘗めたわけではない、ザックス同様スウェーデンへ亡命した身の上なのだが、彼はナチズムを糾弾する側にまわり、ザックスはナチズムから受けた心痛をひたすら歌う側にまわった。それがいかなる違いだというのだろう？　老齢で物静かな女流詩人であるザックスが憎悪心の激しすぎるヴァイスをいさめるということは考えられる。しかし、もし彼女が右のような発言を聞いたなら、彼女の怨念はその発言者の上に飛んで、その首をくいちぎるだろう。それほど綺麗事ではないものがネリー・ザックスの詩にはあるのだ。また、ヴァイスの作品にしたところで、彼のアウシュヴィッツ裁判劇「追究」は旧ナチ被告たちをこえて、昔も今も変わらぬ〈体制〉の批判に及ぶ。その意味では彼も〈喚起せよ、喚起せよ〉を叫ぶ作家なのだ。

パウル・ツェランはネリー・ザックス以上に芸術的昇華のきびしい詩人だ。それは彼がそれほどまでにつきつめた表現をとらねばならない苦しみを身に受けた人間であるからなのだが、その彼が実際面では映画『夜と霧』の台本訳者でもあることを前述の発言者は知ってか知らずか。

ネリー・ザックス、パウル・ツェランのいまにも絶句してしまいそうな詩句のきれぎれの間からきこえてくるものは、彼らがむしろ忌まわしいものを忘れてしまいたい、それらはなかったことにしてもらいたい、という悲痛な叫びだ。それは〈何をいつまでナチズム、ナチズム〉といったアイヒマンもどきの破廉恥漢の茶々とは根本的に異なる。この二人はむしろペーター・ヴァイスや四七年グループのドイツ人作家たちと深甚からの握手をしているのだ。パウル・ツェランは《罌粟《けし》と記憶》と彼の第一詩集を名づけたが、忘れ去ってしまいたいという意味での記憶は彼ら以外の常人にとってむしろ、たえず喚起され新たにされていなければならないものだ。パウル・ツェランはぬぐってもぬぐってもぬぐいさりきれない記憶をけちらそうけちらそうとして歌っただけなのだ。

（一九六九年二月）

ツェランとその周辺の芸術家たち――ひとつの想い出

一九六七年の四月、シベリア経由で、西ドイツのフランクフルトにたどりついた。早朝、宿から抜けだしてプラプラ散歩し始めたが、ダンプカーが驀進《ばくしん》する道路に辟易して、途中で売春婦が運転するタクシーに乗ったりしながら、やがて宿に戻ってきた。「とてもひどいところだ。ウィーンのほうがよっぽどましだ。引き返そう」と言うと、ぼくの女房が幼児二人連れの旅で疲れてしまった、いやだと言う。勝手にしろ、と不貞腐れていると、女房は懸命に交通公社の案内書を繰っていたが、そのうちここからハイデルベルクは一時間くらいしかからないという大発見をした。では行ってみるかということで、ハイデルベルクに着いた。山の上の遊園地まで行く途中、子どもたちが「夢のようだ、ここに住もう」と言う。さっそく足を棒のようにして家探しが始まり、結局五日目からここに住むことになった。

ぼく自身はハイデルベルクであまりすることがなかった。六月に入ってベルリンに出て日本で知りあったエンツェンスベルガーに会って、ちょっとドイツ人の悪口を言ったりすると、

『何よりだめなドイツ』の著者は、「おまえみたいなやつは早くパリへ行け」、とのことだった。それでも夏までベルリンに滞在して、秋になってパリへ行った。結局半年近くをここで過ごすことになったが、詩人の飯島耕一が泊まっていたというホテルとまちがえて泊った安ホテルが、ブルトンの『ナジャ』にも登場するホテルだったことは愉快だった。このホテルはパリの中央のシテ島先端のドーフィーヌ広場にある。ブルトンはこの広場に彼の夢現の女性ナジャにともなわれて行ったのだった。そのくだりを引用すると――

彼女がタクシーの運転手に指示して着いたところは、ドーフィーヌ広場（ふしぎなことに『溶ける魚』の別の小話『一度の接吻はたちまち忘れられる』の背景となっているあのドーフィーヌ広場）なのである。このドーフィーヌ広場というのは、ぼくの知るかぎり、もっともふかぶかと引っこんだ感じの場所のひとつであり、またパリでも最もいかがわしい小広場のひとつである。（清水徹訳）

この少しあとにぼくが泊まった〈アンリ四世ホテル〉への言及があるが、ブルトンは『ポン・ヌフ』という小文（文集『野をひらく鍵』所収）のなかで、ドーフィーヌ広場から、このような〈最もいかがわしい〉場所の印象を受けた理由を、次のように説明している。

秋以前にも、ポン・ヌフを渡ってドーフィーヌ広場へあえて入りこもうとした人びとが、そこの狭い入口のところで、この広場が三角形の形状を、しかもわずかにカーヴした三角の形状を呈し、中央部に通った割れ目がこの三角形を、木の茂みの植えられた左右ふたつの空間に二等分していることに心を捕えられたことがなかったとは認めにくいように思える。見まがいようもなく、パリという女のセクスが、この木蔭に描きだされている。夏の夜、この広場に迷いこむ男女が欲情をたかぶらせるのは、言うまでもない。（清水徹訳）

『ナジャ』にはドーフィーヌ広場の一部の写真も掲載されているが、この広場の名誉のためにあえて一言すると、現在のドーフィーヌ広場は「パリでも最もいかがわしい」どころか、パリ中心部にこんな静まりかえった場所があるかと思われるほど品のある小区画になっている。生粋のパリジェンヌであるジゼル・ツェラン＝レストランジュ（詩人パウル・ツェランの未亡人）を訪れたとき、「ドーフィーヌ広場ですか。静かで美しいところですね」と美しい顔でうなずくように言ったものだった。

ともかくも、パリの中之島に乗っかっている形のぼくは、その両側をひたひたと流れるセーヌ川の川岸を何回となく散歩した。近所にポール・エリュアールの娘セシルが経営する書店があることをツェランの友人に聞いて出かけたりした。胸をときめかせて店に入っていったのだが、もう中老の年代で、美しくもなく、おまけにあまり珍しくもない書物を売りつけられそうになって、あわてて飛び出してきた。アンリ・ミショーには会いたいと思っていたので、ガリマール社の出版部のほうへ出かけて行って、せめて住所だけでも聞こうとした。入口をはいった受付のわきにハゲ頭のいかにも守衛然とした男が立っていたので、「ミショー担当の編集者に取り次いでくれませんか」と頼むと、横合いから女性の社員が激昂したように飛び出してきて、また別の女性の編集者を階上から呼んで来てくれた。「ミショー担当の編集者は最近亡くなりました。ミショーの住所は直接には教えてさしあげられません。手紙を持ってきて下さい」とのことだった。なんだか面倒くさそうなので、その後手紙を持っていくこともせず、そのままになってしまった。ガリマール社を出てすぐに気がついたのだが、あのハゲ頭は日本にも来たことのあるミシェル・フーコーにちがいなかった。

パウル・ツェランはドイツ戦後の詩史の中では一応代表的なシュルレアリストとしてその名が挙げられている。彼は東欧の出身——旧ルーマニアのブコヴィナ州出身で、ユダヤ人としての迫害を嘗めたのち、戦後すぐの一九四六年から四七年にはウィーンに居住して、ギュータースローを中心とする詩人や画家のグループ〈ウィーナー・グルッペ〉(『ユリイカ』一九七四年五月臨時増刊『現代世界文学入門』に川村二郎氏の紹介がある)に加わりそうな気配もあったのだが、結局は半年ほどの滞在ののちに、パリに出てしまっている。最も強固なウィーン派とみなされるゲルハルト・リュームは後年、パウル・ツェランを〈後期《ポスト》シュルレアリスト〉と規定して、その詩を象徴派の後塵を拝するもの、神秘主義に陥りかねないものとして否定的に扱っている。しかし、ウィーナーグルッペの中でも、その初期には、詩人としてはハンス・カール・アルトマン、画家としてはエドガー・ジュネやマックス・ヘルツァーが、むしろ主導権のようなものを握っていたらしい。ただし彼らはいわば国際派であって、みな国外に出てしまったたままでである。

パリにいたときのぼくの関心はもっぱらこのようなたぐいの詩人や画家に、つまり東欧出の（できればユダヤ人系の）芸術家たちに向けられていた。そのような芸術人種たちは、パリの繊細さと同時に、東方の沈鬱な情念もあわせ持っているように思われたからだ。現代小説家でいえばゴンブロビッチのような人種を（彼も何年か前に他界したが）ぼくは好いていた。

画家のエドガー・ジュネはパリ郊外に住んでいるとのことだった。パウル・ツェランは、一九四八年、このジュネの二枚の絵に対して『エドガー・ジュネと夢のまた夢』というオマージュを寄せている。絵の一枚は《北極光の息子》と題されるものだが、この作品に対してツェランは、この者は絶望氷雪をこえていまここにやってきたのだ、彼が待ちつづけられた者であることは、彼の眼を見ればわかる。といった趣旨のことをしたためている。これは、死者を追って氷雪の山に分けいり、最後にそこでみずからも生命を絶った感のあるツェランの晩年にいたるまでの足どりを十分に先どりしている。

女流版画家であるジゼル・ツェランの作品を、ぼくは何回もそのアトリエに足を運んで見せてもらった。ツェラン生前のものは、ツェランが題名をつけたとのことだった。それはどれも（おそらくは強制収容所で死んだ死者たちの）骨片を構成要素《エレメント》にした絵柄のツェラン生前の作か、氷雪の山を絵柄にしたツェラン死後の作品だった。日本でいえば駒井哲郎の作品のトーンにいちばん近く、ただやはり女性的な、やわらかさがただよっているようだった。

ジゼル・ツェランの作品は、画廊としては、サンジェルマン大通りの〈La Hune《ラ・ユーヌ》〉に置いてあった。この画廊はシュルレアリスムというよりはアンフォルメルな作家たち、それも外国出身の芯のある作家たち――、ハンス・アンプやアンス・アルトゥング（ドイツ出身の反ナチ画家）、日本出身としては末松正樹や菅井汲なども扱っている画廊だった。ツェランにいちばん身近だったと思われるオーストリア出身の画家オルトナー氏の作品もここにあった（彼はぼくが訪れた直後、全ヨーロッパ的規模の版画賞を二つ立てつづけに取りご満悦だった。日本へも作品が招待された）。

この画廊〈ラ・ユーヌ〉は、他にも過去にマックス・エルンストやアンリ・ミショーや、ミロやピカソの絵も扱っていた。彼らはもちろん重要なシュルレアリスム画家たちだが、果敢だったり、意志的だったり、天真爛漫だったり、奔放だったりするうちにも、やはり生粋のパリジャンにちょっと見られない〈芯のある〉作家たちであることは争えないだろう。たとえば一九七〇年に物故したマックス・エルンストの、原初とか原始とかを思わせる風景の絵にしても、そこには何か、とりわけ赤茶けた岩肌や、原生植物をくまどる太いくねる曲線の中に、パリよりは東方的な情念のようなものを読みとらないわけにはいかない。このような情念は、それに更にユダヤ的・旧約聖書的なものも加えると、たとえばパウル・ツェランの詩「氷・エデンの園」のそれに近いのではないか、とぼくには思われる。

失われた土地がある、
そこの葦原から月が生《お》い立つ、

そして、ぼくらとともに凍死したはずのもの、それもふたたび生い立つ、
燃えかがやくようにあたりを照らしながら眺めている。

眺めている、なぜならそのものは眼を持っているから、
その眼はあかるい大地だ。
夜、夜、灰汁《あく》にひたされた夜。
眺めている、眼をもった子どもが

その子どもが眺めている、眺めている、ぼくらも眺めている。
ぼくはきみを眺める、きみも眺める。
すっかり時刻が閉《と》ざされてしまう前に、
たぶん氷はよみがえるだろう。

（「氷、エデンの園」部分、『誰でもないものの薔薇』より）

もちろんここには、マックス・エルンストの原風景より切迫した雰囲気がたちこめている。失楽園を対象にとったツェランの意図は、おそらく現代のこの地上をもそのようなものと見なすところにあっただろう。彼の詩のほとんどすべては、そのような切迫した発想の上に生みだされている。たとえば長篇詩「迫奏《ストレッタ》」は、そのような失楽園の現代における最大の実例であ

るだろう。かつての強制収容所の構内を作品主体が歩いていくプロセスを持っているが、その際作者が〈書く〉という行為、読者が〈読む〉という行為が、そのまま作品主体の〈歩く〉という行為に重ねあわされるように工夫されてあって、構内を歩く者の感動のたかまりが異常なほどの直接性で読む者の胸に伝わってくる。ツェランは、どのような詩にも、発生上必ずひとつはそのような感動のたかまりをひきおこす動機があるものと考えていた。どのような詩もその感動の生起した現実の日付けと場所を持つものと考えていた。後者を集約的な一つの場所に追い求めていくことを、彼は代表的詩論『子午線』の中で実際にやってみせ、その探りあてられるべき場所は〈どこにもない場所《ユートピア》〉だという結論にも達した。しかし、それはあくまで〈芸術《クンスト》〉の領域内での場所であり、現実には、そのときどきの詩の動機の〈場所〉は、はっきりした固有名詞で名ざすことができるものだった。彼の唯一の散文詩「山中の対話」もこのような現実の場を持つもので、この短篇はスイスのエンガディーンでの実現しなかった一つの出会いの想い出のために書かれた小さな物語であるという。

フランスの超現実主義の自由な空気を吸いながら、あくまで現実の根を手ばなすことのなかった彼の詩の傾向は、ドイツ文学の中では、やはりフランス文学の影響の強い、というより半分以上フランス文学に属すると考えられる、シュルレアリスムの詩人イヴァン・ゴルの詩の傾向、あるいはスウェーデンのシュルレアリスムの影響を受けていると考えられるやはりユダヤ系の女流詩人のネリー・ザックスの詩の傾向に非常に近いと、一応いえるだろう。しかし、ツェランが簡単に〈場所《トポス》〉と呼んだ詩的地点に関してなら、アンドレ・ブルトンがすでに

〈至高点《ポアン・シュブレーム》〉ということばでそれを表わしていたと言えないこともない。飯島耕一によれば、ブルトンは、この〈至高点〉を具体的に、フランスのバス・ザルプ県のある地点から眺められたあるすばらしい景色だと考えていたという。とすると、それはある程度エステーティシュな体験、もしかすると彼の前の時代のサンボリストたちの詩的体験、たとえばドイツならホフマンスタールの詩句、〈ぼくらが海の明るく青い色を見つめ／そして死を理解するさまざまの一《ひと》刻《とき》よ〉に共通する体験だったのかもしれない。パウル・ツェランの場合、このような体験はもっと悲痛な調子で、ということは、彼の〈きもち〉にかかわる形で、おそいかかっている。アナロジーは、イヴァン・ゴルの晩年の詩に見つけられる。白血病の死の床の彼は、

アラサム

アラサム
わたしの頭蓋のくぼみのなかの
泣かれなかった涙

一本の夢草が
そのなかで　何代も後の世になって

暗黄色に　亡霊のように白く
生え出でた
たった一度だけ咲く花
蜜蜂たちの気がつかない花

（『夢草』より）

と限りなく悲しく自分の運命を歌う。これはパウル・ツェランの詩と比べるとはるかになまの体験に即した詩で、その意味では読者の同情は彼の作品というよりは彼の運命に向けられてしまうかもしれない。舌たらずな言い方になるが、彼の私的な体験が読者を動かすのであって、詩の表現が動かすのではない。

パウル・ツェランの自殺と同年の一九七〇年にストックホルムで死んだネリー・ザックスの場合はどうかというと、彼女の晩年の詩の一つは、

ドアのむこうがわで
あなたは引きます
憧憬の綱を　涙のあふれるまで
その涙のなかにあなたは姿を映します

（「ドアのむこうがわで」『燃える謎』より）

といったもので、このなかに〈至高点〉が探し求められるとするならば、それは、生者がひた

すら死者のほうへ身を崩していって、ついには死者と合体するといった極点にしかないだろう。ここには、ツェラン以上に、意志的なものはない。

わたしの愛はあなたの受苦の中へ流れこみました
死をつきやぶりました
わたしたちは復活の中に生きます

(「わたしの愛はあなたの愛苦の中へ流れこみました」『燃える謎』より)

という短い詩篇もあるが、ここにもイヴァン・ゴルの詩にみとめられた常套的譬喩のようなものはなく、一見単純な言いきりの中に、言語に含まれる意味・音韻・形式上持つ幾重もの層が瞬間裡に合体して、ジェイムズ・ジョイスのいわゆる〈顕現《エピファニー》〉を現出させているように思われる。

このような〈至高点〉を、やはりスウェーデンのストックホルムに住んで、シュルレアリスムからの影響を強く受けているペーター・ヴァイスに求めると、どういうことになるだろう。ペーター・ヴァイスはその初期に、画家として、スウェーデンのシュルレアリスト、スワンベルクから、モンタージュあるいはコラージュ上の影響を受けているが、一方ではまたフランスの映画、ピカビアやデュシャン、マン・レイ、ブニュエルらのシュルレアリスム映画からの映像《イメージ》上の影響を多大に受け、後者はとりわけ彼の初期の実験的散文に大きな影を落としたのだった。ペーター・ヴァイスの初期の実験的散文からの一例を以下にとる。小説『歩いている三人の会話』（拙訳、白水社）からのもので、妻から離別し、子どもとともに死別した主人公が絶望しきった独居のなかで幻覚を見る箇所である。

このようにしてぼくは、まわりに忍びよってくる身体の断片のなかに、音もなく口を開いてひたひたと打ち寄せるおびただしい身体の部分のなかに、横たわっていた。その口の一つ一つは、血を流している穴だった。いたるところに髪がおい茂り、爪がこのさまよう手の指や足の指に生えた。……ぼくは上のほうへ、もちろんそれは、もともとは不可能だったが、身をもがきながら進んでいって、この広い草原やこの吹き渡る風の前に出た。そして春になって雪がとけ、地面のそちこちがはじけるまるい小さな噴火孔をつくるころまで、ひたすら板ぎれを積みあげた山の下に横たわっていた。

このような散文は、なにほどかシュルレアリスティクな先蹤《せんしょう》なしには成立不可能なものだろう。ペーター・ヴァイスの長い文章は、たしかにそのクライマックス部分において、スタイル、内容ともにのたうちまわり、もがき、周囲の邪魔物をはらいのけようとする。そのエネルギーの奥には、ストリンドベルクのような北欧特有の、男女のすさまじい葛藤が感じとれる。不条理な情念が爆発し、文明の表層をつくる〝道理〟を吹きとばそうとする。これはパウル・ツェランの詩の自虐性や、ネリー・ザックスの詩の無防御性とちがって、たとえ抵抗がむだであるときにもあえてその不可能性に反抗しようとする意志によるものである。このような暴力性は、おそらく文学の世界でだけ存続可能なものだろう。ペーター・ヴァイスの散文における〝至高点〟は状況や人格のカタストローフをきわめて微細に、スローモーション撮影のように、延々と描きだす部分である。その描写の連続性は決して断たれることはなく、ときおり最も醜悪な内容であるはずの箇所が最もリリカルで美しいというパラドックスさえ起こる。このような部分は、なにか芸術の現実に対する勝利のようなものを思わせさえするが、作者のペーター・ヴァイス自身は、そのような〈勝利〉には何の信も置いていなかったように思われる。彼は初期の実験的散文ののちに現実へのより直接的な参加の領域へ、政治劇の領域へ進み出ていった。これはフランスのシュルレアリスト、ブルトンやアラゴンらの両大戦の間の歩みと軌を一にするといえよう。パウル・ツェランは、そのような外面的な働きかけは避けたものの、その内実にはあらゆる疑似政治運動を凌駕するほとんど個人テロリスト的な詩的核心をひめていた。これがさらに内奥に向かったとき、みずからを屈するすさまじい力がはたらいたものと思われる。

（一九七一年三月）

ネルヴァルとツェラン

　ネルヴァルの小説『魔法の手』の冒頭に出てくる〈ドーフィーヌ広場〉は、シテ島のほぼ西尖端に位置していて、パリ一区にこんな静かなところがあったろうかと思われるほどの閑雅な三角形の一角一区画である。

　ネルヴァルの『魔法の手』は、この広場を囲む家々の一軒にひとりの法官を住まわせる。この法官は仕立屋の職人ユスターシュにズボンをつくらせるのがならいである。しかしこのユスターシュは殺人の罪を犯し、最後はこの広場の近くの〈新橋《ポン・ヌフ》〉の橋詰にある〈オーギュスタン広場〉で首をくくられる。時代は十七世紀とされているものの、このような公衆の面前での処刑は、ネルヴァルの十九世紀前半にも後をたたず、ネルヴァルは一八一九年ドイツのマンハイム市で劇作家コッツエブを暗殺した学生ザントの首斬人の息子をハイデルベルク市に訪れて、その血なまぐさい残香を嗅いだりもしている（『ローレライ』）。

このハイデルベルクとパリのドーフィーヌ広場のあいだを一九七三年から四年にかけて、ぼくは行ったり来たりしたのだった。ドーフィーヌ広場とポン・ヌフ橋の間には、昼頃になると近くのオフィスから出てくるパリジャンたちが早くも飲みはじめる酒場《ポン・ヌフ》があった。

このドーフィーヌ広場の表側の書肆《フリンカー》には、パウル・ツェランもよく立ち寄ったとのことで、ツェランがひとりでよく飲んでいたというもう一つの酒場でぼくも暇にまかせてワインやコニャックを呷《あお》ったりした。セーヌ川の流れが眼下に見え、ふらふらとシテ島の尖端におりていくと、その岸壁のようなところの手前にある石壁には、ここで宗教革命のとき誰それが焚殺されたところと刻まれていたりした。そのまま川むこうのサン・ミッシェルやサン・ジェルマン通りに出ると、街角に、ここで抵抗の戦士誰々がナチスに銃殺されたところというような壁銘があったりして、シテ島後方の常夜灯のともる〈連れさられたユダヤ人たち〉の記念窟や、パリ東駅の同様な壁銘とともに、これらはアルコール漬けで歩くぼくの意識をはっと我に返らせるものがあった。

小説『魔法の手』は、最後、処刑された職人ユスターシュの片手が絞首台の下に落ちるやいなや、野坂昭如の『エロ事師たち』の結末部さながら、ひとりでにぴょんぴょんと動きだし、ある占い師の家までたどりつく物語である。このようなつくり話は、その事実がどうというよりも、〈人の死〉がただよわせる不吉な雰囲気と関係があるもので、ツェランも、一九七〇年の彼の自殺間近のころに次のような詩を書いている。

アイルランド女、死別の斑を持つ女が、
おまえの手を読む、
はやい以上に
はやく。

その眼ざしの青らみがおまえの手をつらぬく、
吉兆を
ひとつにあざないながら——

おまえ、
眼の指をもつ
遥かな女《ひと》よ。

（「アイルランド女が」『迫る光』より）

手相見という設定はただ、不吉な雰囲気をかもしださせるためだけのものだろう。カフカは『審判』のなかで不気味な、指と指の間に水かきを持つ女を登場させているが、ツェランはこのカフカの〈水かき〉を使って次のような詩を書いている。

言葉たちのあいだに見られる水かき、

その言葉たちがつくる時間の中庭――
ひとつの水たまり、

光る頭髪の背後に
灰色の魚の背骨状のもの、
意味。

（「水かき」『迫る光』より）

と歌っている。不気味なものに囲まれ不気味なものに繫がる自分の詩の確認だろう。

ネルヴァルの『魔法の手』は民譚からの物語の形式をとりながらも、その本質は鬱積した情念の物語である。家の下から、新婚の妻のいとこである貴族が石を投げつける。しがない仕立職人ユスターシュは、ついには決闘を挑んで相手を殺す。このような物語の筋は、革命とか恋愛とかにおける失意を主要なモチーフにするドイツ・ロマン派の小説の群と一脈通じるもので、この種のドイツの詩人作家たちとしては、ヘルダーリンやハイネ、そしてオーストリアからはグリルパルツァー（一七九一―一八七二）が思い浮かぶ。このような重みのためにネルヴァルはドイツの詩人作家たちに近かったと、逆にいうこともできる。ネルヴァルはゲーテの『ファウスト』を訳し、ハイネの詩集『間奏曲』を訳した。しかしそのファウスト論においても、ハイネの『間奏曲』論においても、最後は肝腎のゲーテやハイネを飛びこえて理想の女性の救済や、政治的な悪しき体制の打破への願いを短兵急な調子で述べる。この性急なトーンは、彼の最晩年の『オーレリア』を読むと、夢のなかでの最愛の女性に現実でめぐりあいたいという想いや失恋を一挙に得恋にくつがえしたいという願い（現実にありうるがいささか激越な想い）と軸を一にしていて、このような激越な志向が、かれの人生に不幸（狂気と自殺）をもたらしたと納得させられる。

夢と現実との不一致へのいらだちがネルヴァルの場合あまりに大きすぎたことは、たとえばエッセー『マラーナのドン・ジュアン』の中でホフマンのドン・ジュアン観に言及して、ホフマンが、モーツァルトのこの歌劇に登場する彫像や悪魔たちの醜怪さを耐える方法として彼らの衣の下に警察のスパイどもを見ることを勧めているくだりにもよく表われている。これはあまりに悪辣にすぎて、ネルヴァルへの疑惑に読む者を誘う。

つもりつもる想いがあまりに度を越して現実における破綻となるとき、ぼくらはそのような作家に危惧を抱く。

陰険な
空の下で。

というのは、パウル・ツェランの長詩「迫奏《ストレッタ》」の中の詩行だが、第二次世界大戦中に迫害を受けたとしての彼の怨嗟の念は、彼が生きることになる戦後の生活にも、あらかじめまがまがしい雰囲気を付与していた。

戦争中の体験の忌まわしい記憶には、パリにも今でも《物の怪《もののけ》》として立ちこめているようだとぼくは思いつづけていた。

（一九七九年二月）

ドイツ戦後文学への誘い

〈戦後〉という言葉は、現在ではほぼ二種のニュアンスで受けとめられているようだ。第一は、第二次世界大戦という未曾有の戦争ならびにそれ以後の困難な時期を耐えぬいた人間にとっての戦後という従来の意味合いである。そして第二は、そのような戦争も戦後も知らない若い年代の人間にとっての、歴史的過去としての戦後という意味合いである。人口構成から見ても、後者の受けとめられ方が今後ますます優勢になってくることは明らかである。二十一世紀に入って、一九三九年から四五年にわたる戦争とそれ以後の何年かを振り返って見る視点、それをわれわれは早くも持ち始めたといっていいだろう。

ドイツには三十年戦争（一六一八—四八）という時期があって、この時代体験者の中からグリンメルスハウゼンのような作家を生んでいるが、第二次世界大戦は、ドイツでは、現存のギュンター・グラスのような作家を生んだのだった。前者には『阿呆物語』があり、後者には『ブリキの太鼓』があって、いずれも戦争中のおどろおどろしい記憶を爆発的な笑いによって吹き飛ばしてしまおうとするような、一種の悪漢小説である。

映画にもなった『ブリキの太鼓』のグラスはあまりに有名だが、その同年代の作家や詩人に、エンツェンスベルガーや、ヘレラーや、ツェランがいる。

過去何年かの間にドイツ文学について書いてきて、テーマはいつしかこの年代の作家たちをめぐるものになっていたようだ。

エンツェンスベルガーもヘレラーもツェランも、すべて〈戦後文学者〉と呼んでいい詩人たちで、彼らの文学の核には、戦争による傷をどのように戦後社会に持ちこみ、そこに活かしつづけるかの問題が横たわっているように思われる。

この傷はもちろん実際の傷をいうのではなく、心の傷をいうのだが、エンツェンスベルガーにとってはおそらく、一つの時代の社会全体が戦争に加担したことが問題であり、ヘレラーにとっては戦地での仲間たちの死が問題であり、ツェランにとっては愛する肉親の死が問題であったと考えられる。

このような問題は、日本でも、戦争を体験した世代の人間にとってとりわけ切実だったわけだが、文学は記録するという機能によって、この傷をつねに新たに読者の前に提示してきた。

（一九八六年十二月）

迫りくるもの——十九世紀の劇作家ビューヒナー

一九七〇年の春パリ・セーヌ川への投身自殺を遂げたユダヤ系ドイツの詩人パウル・ツェランは次のような詩篇をのこしている。

あなたの言葉の光の風に
灼きはらわれた似非《えせ》-
体験のいろとりどりの饒舌——百枚-
舌のわが偽-
詩、非詩。

……（中略）……

人のかたちの

懺悔者雪をぬっていく、
客へのもてなしやさしい
氷河室《むろ》や氷河卓《テーブル》への道。

時の亀裂の奥
深く、
蜂の巣型《がた》氷の
かたわらに、
待ちうける一個の息の結晶、
くつがえすことのできぬあなたの
証《あか》し。

（「灼きはらわれた」『息のめぐらし』より）

あるいはもう一篇——

あなたの眠りにたどりつく穀物階段をこえていく道の
通行権をぼくにあたえよ、
眠りのこみちをこえていく

通行権を、
心の斜面で
泥炭を掘る権利を、
明日。

（「アイルランド風に」『糸の太陽たち』より）

このような二篇からさえ、それがすでに死を最終的な光明として彼方に垣間見ている者の手になるものであったことを読みとれなければならなかったはずなのに、それができなかった自分を、ぼくはツェランに対して一種詫びたいような気持ちとともにここにまず書きとめておく。

パウル・ツェランは一九六〇年にゲオルク・ビューヒナー賞を受賞している。これは一八一三年生まれのドイツの劇作家ゲオルク・ビューヒナーを記念して行なわれるものだが、その受賞に際してツェランは後日『子午線《メリディアン》』という題名で出版された長い講演を行なっている。それはビューヒナーの四つの作品にふれつつ、みずからの詩論をも展開しているものなのだが、その道筋をいま辿ろうというのではない。ぼくとしてはビューヒナーの作品のうちで自分にもっとも切実な短篇『レンツ』（一八三六年）を読むうちに、ツェランの右の二篇も取り上げたくなったとまず報告しておくべきだろう。

短篇『レンツ』——そのなかでもとりわけぼくの心をひくのは次の箇所である——

おお神よ！　あなたの光の波のうちで、

あなたの灼《も》えかがやく真昼の明るさのうちで、
わたしの眼は醒めたまま傷つきます。
もう二度と夜は来ないのですか？

これはベッドからなかば身をおこした主人公レンツがくちずさむ詩句である。この四行のレンツの詩句とパウル・ツェランの詩との間には呼応がある。それは何か？

ツェランの最初の詩は、自詩への嘲笑にはじまりながら、やがて読む者をどこともしれぬ氷河の地域につれていく、そこの亀裂のあわいに見おろされているものはあなたの〈ひとつの息の結晶〉である。さらに第二の詩は、短詩形のうちにもやはりあなたと呼ばれるものへの道をたどりながら、その彼方には〈明日〉がほの見えている。この道行きは——両篇とも——おだやかなものである。しかし眼下のものへの落下あるいは彼方のものへの跳躍の思いさだめは、もはや必然のものではないか？　二十五年の戦前の前半生と二十五年の戦後の後半生を生き抜いたパウル・ツェランは、セーヌ川への投身を果たしたとき、それを書くためにのみ生きながらえてきた自身の詩のなかの〈わたし〉とぴったりひとつになった。〈あなた〉とはおそらく彼の前半生で最も親しかった者、慕わしかった者への呼びかけだ。

レンツの、いやビューヒナーの『レンツ』のなかの詩句が訴えているものは何か？　それは迫りくる光の凝視による網膜の強度の攪乱による発狂である。ここにはツェランの場合のような道行きは見られない、主人公レンツは身動きもならず光を凝視している。かすかな心のゆれはあるにしても、このゆれの停止はただちに狂気を呼び起こすものだ。
自殺あるいは発狂へあと一歩という状況がツェランと『レンツ』とを結びつけている。そして自殺は当然狂気であるものをそのうちにはらむ。狂いゆく『レンツ』——はもちろんビューヒナーの作品である。しかしではそのビューヒナーは何者であったかを知るためには、『レンツ』を含めた彼の作品群を辿っていくほかかない。

レンツは一月二十日に山を越える——

一月二十日レンツは山中をいった。

原文の Den 20. Jänner ging Lenz durchs Gebirg の簡潔な力を何と表現すればいいのか、すくなくとも作家ビューヒナーはこのただ一行によって道行くレンツのただなかに身をのりいれている。
ものぐるおしい狂念にとりつかれて人里へかけおりたレンツはほっと人心地づく——〈お名前は?〉〈ああ、どこかで聞いたことがあります、劇を書くおかたでしょう?〉こうして牧師館に入る、このときの安堵が彼をもはや分かちがたく牧師オーバーリンと結びつけてしまう。再三にわたる狂気の発作の都度、かれを救いにかけつけるのはオーバーリンである、牧師(魂のいたわり手)としてのオーバーリンは、レンツにくちづけすることも知っている、するとレンツはオーバーリンの手のなかにみずからの手をおいて魂の平静を得ることができる。しかしながら狂気の程度は次第にたかめられ、ついに馬車でふたたび山を越えて運ばれるとき――レンツの狂気も極点に達していて、それはむしろ痴呆に近く、レンツはあとはただ〈なすところもなく生きていく〉。

パチャパチャという音とジーンとした響きを、ぼくはこの作品から伝えたい。パチャパチャとは狂気の発作の都度レンツが飛びこむ噴水の中でさせる音だ。そして間歇的に狂気のやむとき、つまり彼を人心地づかせるオーバーリンがそこにあらわれるとき、ジーンとしたものが彼の胸につきあげる。

この狂気の発作のもともとの原因はあからさまには書かれていないが、恋人を失ったことである。彼女への想いのみに生きてきた彼は、その後、自分をこの地上につなぎとめるべき何ものをも持ちあわせない（母親は亡者となって教会の墓地のあいだからあらわれる。フリデリーケ、フリデリーケと恋人の名をいたずらに口にするかれはすでに正常でなく、そのあと彼女がもはや亡きものとなったとの妄念をいだいたとき、むしろ喜色満面になって牧師の前にあらわれる）。

この世にもはや自分をつなぎとめるべき何ものをももたないとは、奇態な言いかただが、冷厳な科学者となることだ。レンツがこの地上で最愛の恋人をもったとき、母親を含めてこれまで愛してきた者たちはすべて想念の上では一旦は抹殺され、しかもその最愛の恋人をも失ったとき、彼は――その上でなお生きつづけるためには――絶対の客観主義者とならなければならない。あるいは〈ひと〉ぬきの〈もの〉、あるいは〈こと〉の世界と完全孤独な状態のなかで向きあいつづける冷徹さをもたなければならない。これはおそらく（この地上には存在しない）科学者の姿だろう。狂気のレンツはこの真相を日常的な事柄にとりまぎれることなく徹底して考えることはできる（徹底《コンゼクヴェンツ》、徹底《コンゼクヴェンツ》、とかれは口走り、他人《ひと》が何か言うと不徹底《インコンゼクヴェンツ》、不徹底《インコンゼクヴェンツ》と反駁する）。しかも、それがもたらす絶対の孤独には絶えることができない。あれほど親愛の情を寄せた牧師オーバーリンもいまは傀儡《かいらい》にすぎない。こうして彼は敗残の山越えをするのだが、その極まりのないさびしさは、歩また一歩と池のなかに錯乱のわが身を進めていく『ヴォイツェク』（一八七九年）のあの最後の場面のさびしさ（それを観客は感じとる）にほかならない。

　アルバン・ベルク作曲の《ヴォツェク》（一九二五年）の最終場面にもかかげられるのであろう、あの赤い月に象徴されるもっていきどころのないさびしさを、われわれは万人に共通の情《ポエジー》として感じとる。すると、ビューヒナーのレンツは〈つくられたものがいのちをもつという感情こそが美とか醜とかの上に立つものであり、これこそが芸術における唯一の基準《クリテリウム》なのだ〉と応えてくれ、あの四月末日自殺を果したパウル・ツェランは〈芸術ヲ拡大セヨですって？〉と制しながらも〈いや、そうではありません。そうではなくてきみ自身のもっともせまいところまではいれ、そのうえできみを解放せよ！　です〉と結局はわたくしひとりのさびしさを突き抜けた涯《はて》でのポエジーを肯定してくれる。ポエジーは悲しいものだ——と在パリの飯島耕一は当地でツェランの自殺に接して書いてきた。

　ビューヒナーの『ヴォイツェク』は幕開き冒頭に〈ヴォイツェク！〉とどなる大尉の同類の

鼓手長に妻を寝取られたとき妻を殺し、池のなかへ一歩また一歩を踏みこんだ――そのようなものではないだろうか、ラディカルなポエジーとは。しかし矯激さは舞台上や紙面の上では直接には受け入れられない。その間にはわたくしひとりのさびしさにヴォイツェクやレンツ以上に耐えられるほとんど完全無比な科学者――冷静な作者がいなければならない、甘さはただちに暴露されるだろう。彼の同時代人に抜きんじてゲオルク・ビューヒナーが〈現代的な〉作家とされるのはこの冷静さ、彼が生まれながらにしてもった科学者的体質に由来する。彼が一八三六年に書いた長文の『ニゴイの神経系に関する覚書 Mémoire sur le système nerveux du barbeau』はその精緻さのゆえにまず驚かされる。ぼくは友人の科学者のところにこの論文をもっていった。当然〈ニゴイ(Cyprinus barbus L.)〉などという鯉の種を彼は知らなかった(エルンスト・ヨーハンのビューヒナー伝によるとこれは当時ビューヒナーが滞在していたストラスブールの河川に多く採られたコイの種だった)。二、三の疑問な点をのぞいて、と彼はいった、いまでも通用する、コイの一種の解剖論文として。これはいったい虫メガネでやったんだろうか、とぼくはやや幼稚な質問を発した。肉眼もいいけれど科学では決め手はすべて観察器具次第だよね、インストルメントだよね(こういえば多少は驚くかと思ったのだが、友人は平然としていた――毎日実験にマウスを使っている科学者だ)。

われわれのヴォイツェクはこの実験動物のように使われている男だ。大尉に理髪屋として使われるのと同様に、この三十歳の使役兵は〈ドクトル〉に実験人間として使われる。尿、涙、脈、動悸などが時々刻々測定され、ことさらに尿意をさしとめられたり、ことさらに栄養不良にさせられたり、ことさらに怒らさせられたり、嫉妬させられたりする。この科学的なドクトルの徹底ぶりは観客を爆笑させるが、この笑いはおよそこの地上には存在しないだろう科学者ドクトルの人間味をはみだした正確さ（exactitude）に対してであり、その爆笑の分だけ実験人間ヴォイツェックの動物的みじめさはつのることになる。しかし観客も明日はわが身である。それでも笑う、とは何だろう？　それは自分と同類のヴォイツェックが屈辱のうちにも辛うじてなお生きているからであり、もし彼が屈辱にまみれて死んでいくときになれば、高笑いをしたその分だけ観客の悲しみは深く強くどん底まで落ちていくほかない——『ヴォイツェク』の最終場面のあの圧倒的な悲哀感はこのようなメカニックなしには考えられない。悲しみにしろ喜びにしろそこにはなにかしらサディスティックなあるいはマゾヒスティックな要素が含まれていることが多いのだが、その度合が強くあからさまに押しだされるのが民譚という意味でのメルヘンだろう。この多場面劇の終幕ちかく一人の老婆の口を通して語られる小話〈メルヘン〉は、そのさびしさの極まりなさによって劇全体を代表してしまっている。

むかし可哀そうな子がいた。お父さんもなく、お母さんもなく、みんな死んじゃって、この世には誰もいなくなってしまった。みんな死んでしまった。だから出かけて行って、昼も夜もさがしたのさ。ところが、もう誰もこの地上にはいなかったので、天へ行こうとした。お月さまがそれはそれはやさしく照らしていた。で、やっとのおもいでお月さまのところに来てみると、それはくさった板っきれだった。それでお日さまのところへ行った。お日さまのところへ来てみると、枯れたヒマワリだった。そこでお星さまたちのところへ行くと、それは小《ち》ちゃな黄金色の蚊たちで、まるでモズがリンボクの木に串刺しにするように、止められていた。そこでもう一度地球にもどってみると、地球はひっくり返された器《うつわ》だったんだよ。で、その子はすっかりひとりぼっちになってしまった。で、そこに坐りこんで泣いた。いまでも坐っているよ。たったひとりぼっちで。

メールヘンの底知れぬさびしさ――それはもちろん民衆の生のさびしさであり、民衆のと際だたせていったからには、民衆のみじめさ、と思いきっていってしまってもいい。いずれにせよヴォイツェクはなぶられものであり、もちろんそれは作者ビューヒナーがなぶられものであったなどということとはまったく次元を異にするが、しかも――ツェランの死の場合同様――作者が直接作中の人物にかかわってしまうということも往々発生する。このような事態は、作者がもはや過去の人となった時点から振り返ると、作者と作品とが切り離されたものではなかった、元来は遊びであるのかもしれない作品が作者の生身に直結するものであったことを思い知らされて、読者は一瞬顔色の変わるのをおぼえる。この一瞬こそが作者としては芸術という虚空間から行動という実空間へ身をおどらせていった瞬間にあたるのだろうが、その間隙になお――たとえば遺書といった――書きつけ、文書が残る。

ゲオルク・ビューヒナーがヴォイツェクになりかわったというのではない。かれは文書で彼らに呼びかけたのだ――

民衆の息子たちがこのものらの下僕であり兵卒なのです。

〈このものら〉とは〈身分のたかいものら〉を指している。この文書『ヘッセンの急使』（一八三四年）は政治的煽動の文書であり革命的文書であり、われわれの日常ではアジビラと呼び慣わされているたぐいのものである。このような場合の多くがそうであるように、この文書の書き手は一人ではなく、この檄文《げきぶん》『ヘッセンの急使』はゲオルク・ビューヒナーのほかにもうひとりの共著者フリードリヒ・ルードヴィヒ・ヴァイディヒをもつ。文献学的事実としては、今日この文書はいずれの箇所がビューヒナーの手になるものでありいずれの箇所がヴァイディヒの手になるものであるかがはっきりしていること、伝記的な事実としては、この政治的パンフレットの書かれた一八三四年、二十歳のゲオルク・ビューヒナーは医学生としてギーセンの大学に在学し、その土地の校長兼牧師ヴァイディヒと交誼を結んで、彼自身最初の遊学の地ストラスブールで育んでいた革命的思想をますます強めていたこと、フランスの前例にならって〈ギーセン人権協会〉を設立していたことが分かっている。時代的背景としては一八三〇年の隣国フランスにおける七月革命とその余波としてのドイツ国内各州における暴動の勃発、ギーセンの所属するヘッセン州においては同年九月に〈ゼーデルの流血事件〉と称された農民一揆があり、その後は一八三二年に三万人の群衆からなるいわゆるハンバッハの集会が行なわれ、また一八三三年には〈フランクフルト騒擾《プッチュ》〉と呼び慣わされる小規模な武装グループによる議会突入事件さえ勃発していたことを記しておけば足りる。

ひとくちに革命的思想といってもその内容は多岐多端にわたる。フランス革命そのものは〈自由、博愛、平等〉を唱え、少なくとも一七八九年のバスティーユ襲撃はこの標語のもとにパリ民衆の各層を大同団結させることができた。それ以後の革命後史はナポレオンの台頭にいたるまでの各派各様の目標達成手段の相違に由来する内部抗争の歴史である。

ビューヒナーとヴァイディヒのあいだにも当然このような革命に関する見解の相違は存在した。『ヘッセンの急使』の最初の執筆者はビューヒナーであり、印刷上のつてを有するヴァイディヒはそれに後から手を加えたことが明らかになっているが、本文冒頭部の〈身分のたたかい〉が実は原案では〈富めるものたち〉となっていたことを知るだけでも両者のちがいは瞭然となる。教育者であり牧師であり理想家であったヴァイディヒがより強く身分制の撤廃を、つまり社会的〈自由〉をめざしたのに対して、ビューヒナーはより強く経済的〈平等〉をめざした。自然科学者的レアリストの目はあくまでも具体的な〈物〉を見つめていたわけで、それはとりもなおさず〈金《かね》〉であり、彼が書いた原文の各項目は、驚くべきことに、ヘッセン大公国予算の収入内訳別となっている。数字、統計、事実、の明示、それが揺るがすべからざるものとして〈富めるもの〉への弾劾の基調となっている。アジテーションの部分は力強い比喩表現によっていて十分説得力をもちうるものであるが、〈搾取者の数一〇、〇〇〇、あなたがたの数七〇〇、〇〇〇〉というとき、今日それを読む者も一対七の衆寡敵せずの民衆側が十分に勝利を収めえたドイツ革命を夢みて一瞬固唾をのむほどである。ビューヒナーは歯がゆいばかりの思いでフランス革命の勃発から一八三〇年の七月革命まで、そして当時ドイツに起こりつつあった機運の部分をしたためたに相違ない。というのも、旧態依然としてついに最後まで蜂起しなかったのは『ヘッセンの急使』が向けられた当の農民たちや職人たちであったのだから。一八三四年七月に刷られた『ヘッセンの急使』、しかしこれは一八四八年三月まで微動だにしないメッテルニヒ体制による背後からの弾圧を当然予想させるものであり、事実ビューヒナーはその直後、このパンフレットの配布者の一人ミニゲローデの逮捕の報を聞くや急拠フランクフルトへ旅立ち、やがて一時アリバイ作りのためギーセンに戻ったものの、休暇を利用してすぐさま故郷ダルムシュタットへ居を移し、しかもこのダルムシュタットは依然ヘッセン大公国内の地であったために、当局から度重なる呼び出しを受けつつ代わりに弟を差し向けるなどして、巧みに難を避けつづけた。そこに五カ月間の滞留の後、一八三五年三月、フランス国境を越えて曾遊《そうゆう》の地ストラスブールへ脱出したのだった。同志ヴァイディヒが逮捕されたのはその翌月の四月、反乱罪の傍証ありの但し書きでビューヒナーの人相書きつき手配書が発布されたのは同年七月のことだった（逮捕されたヴァイディヒは数々の拷問を受けたのち一八三七年二月、ビューヒナーの死後四日目にみずから命を断っている）。

『ヘッセンの急使』の起草と配布は明らかに当時の革命的機運にのった農民労働者の蜂起を予期してのものだった。しかしのちのマルクスやエンゲルス（彼らはビューヒナーより五年ないし七年の年少である）の諸著作の形式を十分に先取りしているといえるこの徹底した現状分析のパンフレットの書き手の目は、その企図の挫折、ドイツにおける革命の機運の未熟をその配布の直後からはやくも曇りなく見すえていた。

革命全体はすでに自由派と絶対主義者たちにわかれてしまいました。そして無知で貧乏な階級によってむさぼりくわれてしまおうとしている現状です。貧者と富者との関係だけが世界中の革命の唯一の要因です。飢えだけが自由の女神たりえます。そしてエジプトの辛苦の七倍分をわたしたちの首にかけてくれるモーセのみが、ひとりの救世主《メシアス》たりえましょう。農民を肥らせてごらんなさい、革命は卒中をおこしてしまうでしょう。（グツコウ宛書簡）

あるいは——

社会を理念《イデー》によって、教養ある階級からのはたらきかけによって改革するですって？　不可能です！　わたしたちの時代は純粋に物質的《マテリアル》なものです。（同前）

『ヴォイツェク』に見られるような民衆のさびしさとは民衆のみじめさであり、民衆のみじめさとは民衆のひもじさであることをビューヒナーはしかと見すえつつも、このひもじさが極に達しないかぎりドイツに革命は起こりえないだろうことをも見きわめて、彼は同時代の革命主義的文学者に忠言を送りさえしているのだ。右に抜粋した二通の書簡はハイネ、ベルネらとともに〈若いドイツ〉派の代表とみなされるカール・グツコウに宛てられたものであるが、ほかにも二通、都合四通のグツコウ宛の手紙が一八三五年から三六年にかけてのビューヒナー書簡集のなかに集中的に見出されるのは、彼の文学的政治的活動と密接な関係をもつ。つまり彼は五カ月間のダルムシュタット滞在中、彼にとってははじめての文学的創作であるドラマ『ダントンの死』を書きあげて、それを出版依頼かたがたフランクフルトのある書肆を通して未知の革命的文学者グツコウに送りつけたのだった。

作品そのものの表面から見ていくのがいいだろう。ドラマ『ダントンの死』はその題材だけからいうならばフランス革命劇である。「ダントン」というギロチンにかけられた革命家の名を冠された看板だけから舞台を観に行くものは何よりも政治の劇、行動の劇、あの政治的文書『ヘッセンの急使』をひきつぐアジテーションの劇を期待して観に行くだろう。

しかし舞台は冒頭からものうげな、いっかな動きをみせようともしない開幕で、つまり主人公のダントンは愛人のジュリイの足もとに座りこんだまま、同志エローが数人の娼婦たちとトランプに打興じているさまを見守っているにすぎない。取り交わされるのはざれごとやむつごと、予感される死も単なる媚薬に使われているかに思われる倦怠のことばにすぎない。

ことば——この革命劇の舞台の上をとびかうものは、たしかに、ことばだけである。舞台の終幕近くダントンを含む処刑者たちを乗せた馬車が断頭台の前に到着する。しかし、断頭台上で最後のものとして消えていくのはもはや観客の眼には見えない処刑者たちの言い置きのことばであり、そのなかの見栄をきったことばに対しては、誰のものともつかない観客内からの二、三の声が〈そんなことは聞きあきた!〉とこたえるばかりである。

峻烈な政敵としてあらわれるロベスピエールはあくまで論敵でしかない。事はすべて、観客の眼に見えないところで運ばれてしまう。くり広げられるのはあくことなくくり返されることばことば、空理空論、それは当然のことながら、さしあたっては革命の実践論――強硬派のロベスピエールに対して穏健派のダントンがいる――をめぐりながら、やがて政治一般の論、法理論、人生論、世界論、宇宙論、宗教論義、芸術談義とはてしなく拡散していく。誰もかれもがおしゃべりなのだ、そしてこのおしゃべりには大胆な比喩、寸鉄人をさす警句、きわどい猥語、あからさまな卑語、ほとんど妄語とも受けとれるような果てしない広がりをもつ存在論的なアフォリスムなどが含まれる。これらすべては、舞台がフランスであるだけに、ゴーロアズリ（gauloiserie）のひとことで片づけられてしまうかもしれない。しかし舞台はほとんど各場面がどこかある一室であり、その一室のまわりに事態は刻々と悪化の一途をたどる。主人公を中心とする幾人かの処刑台への道はすでに決まっているのであり、そのような事態のなかでの投げやり、わるふざけ、駄洒落、地口のたぐいはどれもすべて、ひとつの悲鳴、断末魔の絶叫の韜晦《とうかい》ではなかろうか。饒舌のうちにもみずからのうちに身を折り曲げてくるさいなみがあり、しゃべることが真に無駄であることを知っている無駄口があり、それは対話のかたちをとってダントンの、いや登場人物たちそれぞれの口をついて出ているあいだはまだ無駄口におわっているとはいえ、それが一旦ひとりのものとなると、つまり独白となると、次第にくるおしさを加えてついには狂気と紙一重のところにまで達する。ダントンたちばかりではなくロベスピエールまでがそうである。ただ彼は、彼の役柄上、そんな馬鹿なといってそこから引き返すだけである。『レンツ』の狂気がここではすべての人物に撒き散らされているというべきだろう。第四幕（終幕）第三場は興味がある。一つのベッドに二人ずつ寝ている二組の囚人たちは――劇的情緒としては――手をとって泣きあわんばかりになる。恥も外聞も忘れて身をすりつけあって一斉に号泣したいのだということを観客はひしひしと感じる。しかも愛おしいのは結局はひとりで死んでいくそれぞれのわが身であり、慕わしいのはおのおのの恋人であり――すると眠っていたはずの囚人のひとり、カミーユが絶叫するのだ――

おお！――自身の眠りから覚めたこの悲痛な声は、彼の断末魔の声の先取りであるばかりでなしに、あのヴォイツェクがたえず地底や壁のなかから聞きとっていた声――最後には池のなかへ絶えいっていった彼みずからの声――、あるいはあの『レンツ』の牧師館の女中たちが報告したというえたいの知れぬ声――〈多分うつろな、おそろしい、絶望の声をあわせともなった彼の泣きじゃくりだった〉にひとしいはずだ。カミーユのこの声は、断頭台の刃が落下してくるあいだ中彼の喉奥にひしめきよせて、しかもなお出てくることのなかった恐怖の声だろう。

戯曲『ダントンの死』は、すでに述べたように、劇的葛藤のない劇、外面的行動の稀薄な劇、寝そべっていて口先だけでできてしまう劇である（ダントンはロベスピエールに敗れたとき、ただ言いまかされたにすぎない）。観客としても力のもっていきどころを失うこの空隙はどこから生じたのだろう？

周知のように、負けるが勝ち、の文学に対して勝つが勝ちの政治がある。劇の冒頭、内妻の足もとにひざまずいて、のんべんだらりんとしているダントンは、鉄の意志をもつロベスピエールに対してすでに負けている。サドの末裔たち——快楽主義者、享楽主義者、自由恋愛主義者《リベルタン》などと呼ばれるものは、政治的には、すべて禁慾主義者、教条主義者、合理主義者などと呼ばれるものの前に屈服しないわけにはいかない。

では、直截にいって、『ダントンの死』の作者ビューヒナーは、文学のこの性質、つまり負けるが勝ちの性質を利用して、文学による政治的敗北の巻き返しをはかったのだろうか？　ぼくにはそうは思われない。『ヴォイツェク』にはもちろんそれがあてはまる、つまり、池に身を沈めていくヴォイツェクに対して観客の誰しもが同情する、その同情、つまり心情へのはたらきかけを通して作者は観客にいつの日か革命への蜂起のあらんことを期することができる。心情を通してはたらきかける間接法。しかし——『ヴォイツェク』の場合もそれはあくまで結果としてそうなったのだという立場にぼくは身を置きたいのだが——『ダントンの死』の場合、奇妙なことに、観客はこの主人公にさほど同情はしないだろうと思うのだ。ダントンの敗北は身から出た錆だ、と観客は思うだろう。政治家失格、天罰覿面《てきめん》、盛者必衰、などのことばがむしろ思い浮かぶかもしれない。享楽的政治家に対して民衆は不寛容である、とはほかならぬダントン自身の認識だ。あまつさえダントンはこれまで多数のものを処刑してきているのだが、この要素を加えれば、みずからのうちにほとんど民衆的酷薄さの要素を含まぬと自負するエリート観客たちも、ダントンにはあまり同情しないだろう。

ひとくちに言おう、作者ビューヒナーはこの『ダントンの死』を書くことによって『ヘッセンの急使』の挫折の取り返しをつけようとしたのではあるまい。革命的機運は現状ではまだ盛りあがっていない、という見極めがまずあった。民衆はそれほど飢えていない、命を賭けて戦うほど、貧してはいない、という判断がまずあった。そのようなとき、行動のかわりに劇という発想は政治的にはともかく、劇そのものをいやしくするものではあるまいか。望むべきものは民衆の啓蒙であるとしても、それはむしろ『ヘッセンの急使』的な政治文書、あるいはマルクスやヘーゲル同様の社会科学的論文形式でなされるべきではないか。さらにいえば、政治的行動の挫折がビューヒナーにあったというのではない。『ヘッセンの急使』配布直後から彼はヘッセン州政府の官憲に容疑をいだかれ、いまにも呼び出しを受けそうな（事実一度は弟を代理に差し向けている）状況にあった。この追いこまれている状況が、『ダントンの死』の執筆中も含めて五カ月間両親の家から身動きもできなかったという状況が、どうして政治行動的でないということができよう。

挫折したのは革命を実現させることであった。

その挫折感、幻滅感、無力感が作品『ダントンの死』に反映していないということはできない。むしろ極言するならば、これらはダントンたちの処刑を物見高く見物する民衆たちへの呪詛となって端的にあらわれてしまっている。

民衆や革命家——そのような人間の区別を超えるもっと深いものをめざして『ダントンの死』は進行している。『ダントンの死』は民衆も革命家も含めておよそ人間であるかぎり誰にも共通な、しかも究極的には手に手をとりあって泣き叫ぶこともかなわぬひとりひとりの私有にかかわる死をめざして進んでいる。

進行は非常に静かなものである。まずダントンの倦怠があり、周囲の人間のざれごとがあり、売笑婦の身の上話があり、街頭風景の報告があり、党本部や国民公会や革命裁判所や公安委員会での長ながしい演説があり、その間隙をぬって読者が往復するのは〈ある部屋〉と〈牢獄〉の間である。ロベスピエールの恐怖政治のただなかにありながらの、この落ちつきぶりは何なのか？　それは見極めなのだといわざるをえない。ダントンは、作者ビューヒナーにひとしく現状を見極めてしまっている、あきらめてしまっているとはまだいわないだろう、ダントンは依然生きようとはしているのだから。しかしその間にはさまって彼を襲ってくるものは政治家たる彼の生のむなしさであり、このむなしさは、当然のことながら、政治的現状などというものをこえて彼の生そのものの直視へ、そしてその生が――政治家として負け犬に終わったことによって――はやくも処刑へ決定づけられていることの直視へ、彼を立ち向かわせている。彼が遊蕩児風にひまをもてあましているとすれば、それは生死の境のひまをもてあましているからであり、そのようなひまは心理的には無限に大きなもの、物理的時間（〈時計などぶちこわしてしまおう〉とビューヒナーは次の戯曲『レオンスとレーナ』でいっている）などをはるかにこえて、はかりしれないもの、でありうることは死の直前に立ち会った多くの人が証言するとおりだろう。その境をさらに見極めようとする眼は、もはや政治の実態を見極めようとする眼などからははるかにへだたった異常の眼であるはずだ――ぼくはいま比喩で語っているらしい、いっそ比喩をおし広げよう――その眼は見開かれたままだ、その表情はうつけている、彼の口はあんぐりと開かれたままだ、耳は静寂を聞いている、体は冷えきっている、そして手は――手は何を求めているのだろう? 手は何かを求めているのではなかろうか? そうでないにしてはダントンではないわれわれの生はあまりにさびしすぎる、ダントンは死を〈生よりは単純な腐敗〉とみなしており、したがって生は〈死よりは複雑な、組織化された腐敗〉(第三幕第七場)でしかない生。容易に考えうる神は彼にとってはないもので、したがって死は無のなかに没することでしかない。人間は何者による創造でもなく、無による創造、無が〈みずからを殺戮して〉こしらえたもの、〈創造とは無の傷口〉であり、〈われわれはそこからしたたりおちる血〉であるのだから。

しかも死の刃の直下に身を置くダントンに何の希望も救いも明るさもないのだろうか? 少なくとも死が(見物人たちの目に)現実のものとなるその無限に長い時間のあいだ、つまり無限に長くまた生きのびているあいだ、彼には何のよりどころも、その時間を意味あるものたらしめる何の光明もないのだろうか?

レンツは明らかにそのよりどころを取りはらわれた男だった。彼は発狂していくおのれをつなぎとめるべき何ものをも持たない。したがって狂気はつのり、あとはただ〈なすところもなく生きていく〉しかない。

ゲオルグ・ビューヒナーの諸作品においてはその点が実にはっきりしていると思うのだが、われわれがすでに扱かった『ヴォイツェク』にしても、ヴォイツェクの自殺——痴呆と狂気のなかに落ちこみながら次第に水のなかに入っていく死——の原因はもはやこの屈辱的な生に何のよりどころもないこと、究極的には最愛の妻を寝取られたことにあった。

そして『ダントンの死』の場合、ダントンの内妻ジュリイは彼の処刑の直前、オフィーリアのようにやさしくくるおしいことばを口ずさみながら毒をあおいで死んでいく。そしてやはり死刑囚のカミーユの〈内妻〉として登場する女性リュシールは、カミーユの処刑の直後、断頭台の階段上に腰をおろして、見廻りの革命軍兵士たちが近づいてくるのを認めるや――

王様万歳！

と叫ぶ。注意深い読者はすでに、それまでの彼女自身がうたいあげるように口ずさんでいた数行で、彼女が次第に狂気に近づいていたのを知っているのだが、共和制下の舞台上にあってこの王様万歳の句は禁句であり、彼女はただちに〈共和国の名によって〉拉致されていく。

パウル・ツェランはゲオルク・ビューヒナー賞受賞講演のなかで最後にこのリュシールのことばに言及する。ツェランはいう――

何ということばでしょう！　これはあらがうことば、〈あやつり糸〉を断ち切ることば、もはや〈歴史の角々に立つ番兵や儀仗馬〉に身を屈しないことば、自由の行為、足を一歩ふみだす行為です。

文学は敗者復活戦ではない。ダントンという主人公の没落がわれわれにたとえ判官びいきの気持ちを起こさせても、それは読者には余情として残るだけだ。それに比べてリシュールの言は、たとえ狂気の沙汰ではあっても、カミーユへの愛が原因の自暴自棄を示している。

そのような愛のひろがりの空間をビューヒナーの第三の劇『レオンスとレーナ』は舞台としている（シェイクスピアの『真夏の夜の夢』は『レオンスとレーナ』以上の大夢幻劇である。しかし、作者はその舞台の存在自体に関してはもっと楽天的だった）。ビューヒナーのこの劇も喜劇である。童話劇、あるいは人形劇とさえいっていい。つまりこれはモーツァルトの歌劇か何かにありそうな、昔むかし王子さまとお姫さまとがありました、王子さまは決められた相手との結婚をいとい、お姫さまも決められた相手との結婚をいとい、両方とも旅に出ました、するとどうでしょう、ふたりは出あってしまったのです、もともと決められたものと決められたもの同士が——めでたしめでたし、といった話なのだ。しかし、こちらの劇は、シェイクスピア劇に比べて、登場人物たちが型にはまりすぎている。しかしビューヒナーのこの劇では、登場する男優なり女優なりはギクシャク歩かねばならぬ。真直ぐ歩くものは劇のいたるところに用意されている幻滅にたちまち脱臼してしまう。それでよく二人の間に情が通じたものだと思うが、相手の骨の節ぶしまで意識してしまう冷徹漢にも、なお恋愛の余地は残されているという、これはひとつの教訓《モラル》かもしれない。

当然あやつり人形のあやつり手はあるわけで、それは王子つきのヴァレリーオという家来と王女つきの女家庭教師がつとめている。もしこの二人がいなければ男女一組のあやつり人形は床に伏したまま金輪際動きださないだろうとは容易に想像されるところで、事実レオンス（王子）もレーナ（王女）もそれぞれの登場の冒頭、庭のベンチの背にもたれたり草地にあおむけになったりしたまま、いっかな動きだそうともしない。ここでいわれていることは悲劇『ダントンの死』の冒頭場面と同じく完全なる無為、生きていることに意味がないとき何をしても始まらないではないかという意味での無為である。〈なすところなく〉生きていったレンツがここではじめから存在するのだが、彼らがたとえばドイツ・ロマン派の代表詩人のアイヒェンドルフの『のらくらもの』と徹底的にちがうのは、あののらくらものがそれでもやはり積極的に貴婦人たちの馬車のうしろに飛び乗ったのに対して、彼らは二人ともこの家来腰元たちに手とられ足とられてやっとの思いで立ちあがるところにある。さまよいだしかたもアイヒェンドルフやあるいはその後裔ヘッセのように多少なりともゲーテ風の徒弟修業の色合いをおびた漂泊などではさらさらなく、それは文字通りあやつり人形がチョチョと歩きだすような、主人公たちに即していえば、夢遊病者的なさまよいだしである。いのちがこもっていないのだとはいうまい、ダントンの場合同様、身の動きはともなわずとも、彼らにしかもなお活潑なものは口の動きであり、ことばことばことばが彼らの倦怠、退屈そして疲労を告げるのだ。

生に疲れたもののこのようなとりとめもない饒舌は何に近づくか？　痴者あるいは狂者のことばに、だろう。〈ああ、いっぺんでも自分の顔が見られるといいのだが！〉というレオンスの開幕早々のことばには早くも狂念がきざしているが、宮廷喜劇の常道として主人公に必ず従う笑わせ役、道化役〈阿呆〉はこのような場合不要になるだろう。ヴァレリーオはいっぱし阿呆道の通人をきめこんでみせるが、決して主人公レオンス以上の狂念に近づくことはなく、むしろレオンスのあやつり手であるのだ。脇役の役割、幻想破壊は王子である主人公自身がすでにしつくしている。彼は何事にも無感動になっていて、たとえばいつわりの恋人ロゼッタが現われる直前には、何から何までロマンティックな情緒がかもしだされるように用意を整えておかねばならない、そのお膳立てがあまりにすぎると、ロマンティックな気分のかもしだされようがないではないか。いつわりの恋人ロゼッタ自身ももはや——いや最初から——自分が愛されていないことを悟っていて彼女が踊りながらうたう第一節——

おおわたしのつかれた足よ、おまえは
きれいな靴をはいて踊らねばならない
だけどほんとは　ふかくふかく
土のなかに眠りたいんだろ

（『レオンスとレーナ』第一節）

はただちに『トーニオ・クレーゲル』のなかに引用されるシュトルムの詩句、

われはいねまし、汝《な》は踊らでやまず

を思いおこさせる。しかし彼の同時代人シュトルムのなかに含まれた憂愁はビューヒナーにあっては最初から通過されたも同然のものであって、ロゼッタが眺めているのはわれとわが身、土のなかへ冷たく横たわるのであろうみずからの足である。夭折したノヴァーリスとクライストをのぞくほとんどすべてのロマン派詩人はビューヒナーより長生きしている。しかしビューヒナーは文学的創作開始の時期においてはかれらロマン派より後輩であり、生前交遊のあったグツコウも含めるハイネらのいわゆる〈若いドイツ〉派に傾向的にも近い。ハイネといえばただちに——

妙《たえ》に清らの、ああ、わが児《こ》よ
つくづくみれば、そぞろ、あはれ、
かしら撫でて、花の身の
いつまでも、かくは清らかなれと、
いつまでも、かくは妙にあれと
いのらまし、花のわがめぐしご。

（上田敏訳、「花のをとめ」より）

あたりが思いだされるが、この文語による大胆な意訳を通しても、この恋愛詩がよく見ると実に異様な傾斜をもっていること、厭世への傾斜をもっていることに誰もが気づくだろう。〈ナザレ〉的とみずから称したハイネは、しかしながら、パウル・ツェランに近いユダヤ的な死への漸進性を有している、それにひきかえドイツ人としてはむしろラテン的な要素を多くもつビューヒナーはキリスト教的な神を早々に払拭した上で、無機的な死を生の瀬戸際でいつまでも直視しているといえる。

〈死〉というようなことばをぼくはあまり大袈裟に使いすぎただろうか？ 〈死ぬまでの生〉とでもいうべきだっただろうか？ いずれにせよ生前のビューヒナーをおおっていたのはこの生のむなしさであり、それはある出版社の懸賞に応募した（到着が二日遅れて失格した）この喜劇『レオンスとレーナ』にも従来の作品と異なることなくあらわれてしまっている。全体を占めているのは夢遊病者が徘徊しているような雰囲気、夜のしらじらあけを思わせる気圏、たとえ真昼間としても主人公たちにとっては白日夢の昼であり、夜としても闇のおとずれることのない白夜なのだ。

ここまで書いてきてぼくは、再びあのレンツの詩句に、レンツが凝視しつづけなければならなかった〈明るさ〉に舞い戻ったように思う。この明るさはその光源が彼の瞳孔と一致したときに彼を狂気へ追いやるほかない明るさであり、何んらよりどころのなかった生を見つめつづけた挙句の明るさであり、作者ビューヒナーにとってはレンツの、というよりは彼みずからの、内なる狂気を見つめつづけた末の明晰さであったのだ。

喜劇『レオンスとレーナ』がそれでもなおゆるやかに歩んで行く以上、それはハッピー・エンドに終わるだろう。それはあくまで狂うことのなかった作者ビューヒナーの劇だったのであり、もし彼が彼の手になる『レンツ』にこの喜劇を書かせていたのだったら、それは舞台の中心をいつまでも行ったり来たりしている『ゴドーを待ちながら』になったはずだ。

この傾向をつきすすめれば最後にはせりふのない劇、無言劇、パントマイム、舞踊になるだろう。その舞踊における肉体をとりされば、それはセーヌ川に身をおどらせたツェランの死後、われわれになお残された最後の詩集の次に書かれるべきだった詩、一般化すれば、いかなる人間も残していく情《ポエジー》のあとになお残されるべき情《ポエジー》、それは〈もはやなにもない〉ものかそれとも〈まだなにかある〉ものになろう。

パウル・ツェランにまつわりながらの断定口調はこれぐらいにしよう。ぼくはツェランの死をでなく、ゲオルク・ビューヒナーの死を告げるべき時点にきているようだ。一八三七年二月十九日、ビューヒナーは二十三歳でチフスのためスイスのチューリヒで死んだ。先住の地ストラスブールから移り住んで四カ月足らずだったが、十七日間にわたる死の病床の終始を看取ったカロリーネ・シュルツの病状日誌はビューヒナー全集におさめられた『ビューヒナーの思い出』のなかでも貴重な記録となっている。その二月十六日の全文――


昨夜は大変でした。病人は何度も部屋を出ていくというのです。自分が牢獄にとらえられて行くかあるいはもうそこにいるような気がして、そこから脱け出るというのです。午後、脈搏《みやくはく》はかすかになり呼吸数は一六〇。先生がたはもう絶望的だとおっしゃいました。日ごろ神さまを信じてやまないわたしの心ははげしく神さまの御心にたずねます――〈どうしてこんなことが?〉と。そこへヴィルヘルム*がこちらの部屋へ入って来ました。わたしのたまらない気持ちを伝えますと、こういうのでした――〈ぼくらの友自身がその回答をあたえている、かれはたったいま、はげしい幻覚がひととおりすぎさったあとで、静かな、気高いおごそかで荘重な調子でこういったのだよ――《ぼくらには痛みがまだ十分ではないのだ、ぼくらには痛みが少なすぎるのだ、なぜなら痛みをとおしてのみぼくらは神のもとへ入っていくのだから！》――《ぼくらは死、塵、灰だ、どうして歎いたりできよう？》〉わたしの嘆きは物悲しい気持ちにとけこんでいきました、それでもやはりわたしはとても悲しかった、これからもずっとそうでしょう。

＊カロリーネの夫、哲学者、政治的亡命者としてチューリヒに来ていた。

翌日、正午ちかく、ストラスブールから彼の許嫁《いいなずけ》が到着する。彼女はビューヒナーのストラスブール大学時代からの許嫁であり、牧師かつビューヒナーの政治的同志であるイェーグレの娘だった。そのミンナ・イェーグレがビューヒナーの死後、やはりビューヒナーの政治的同志ベッケルに送った手紙の一箱――

シューンライト先生は――わたしが会っても病人にはさしつかえあるまい、病人はもうわたしを見ても分からないだろうから、でも変わりはてた彼の顔をお見せすることだけは、とおっしゃるのでした。……（中略）……ツェーンダー先生が中へ連れて入ってくださいました、でもドアの前で、しっかりしてください、あのひとはもうあなたのことが分からないでしょうからとおっしゃるのです。いいえ、あのひとにはわたしが分かります、というのがわたしの答えでした。そしてなんと、あのひとにはわたしが分かったのです……

ひとりの人間が見極められるかぎりのものを見つめながら死んでいく姿について、あるいはまたその姿を見守りながら、いまわのきわまで彼をこの地上につなぎとめているもうひとりの人間について、これ以上うんぬんすることは野暮というものだろう。それほどの情《ポエジー》は、およそ一度はこの地上に生を享けた万人がもちあわせているものだ。

右、順不同に述べて来たビューヒナーのさまざまな作品、論文、パンフレットを年代順に並べると次のようになる――

一八三四年　『ヘッセンの急使』
一八三五年　『ダントンの死』
　　　　　　『レンツ』
　　　　　　『ニゴイの神経系に関する覚書』
一八三六年　『レオンスとレーナ』
　　　　　　『ヴォイツェク』

早逝したビューヒナーの晩年のこのわずか三年間の創作への集中ぶりはわれわれの目をみはらせるだろう。しかしもうひとつ書かるべきだったことは彼の政治的年表であり、それは『ヘッセンの急使』に追いたてられて『ダントンの死』に閉じこもり、『ダントンの死』がグツコウに認められて稿料の獲得とストラスブールへの脱出、そしてグツコウの雑誌への『レンツ』の寄稿となり、ストラスブールでも身に危険が迫ったために『ニゴイ』の発表となってチューリヒ大学講師職へ招聘され、そこでの無事な亡命生活という経路をとる。この追いつめられた生活が同時に『ダントンの死』のあの緊迫、『レンツ』の促迫、『ヴォイツェク』の窮迫につながっていたことをわれわれは悟る。

『レオンスとレーナ』だけが最後まで明るげなものとして残されることをわれわれはむしろ心残りに思う。しかしそれはわれわれがそっと手つかずにしてきたさきほどの二つの臨終の報告文を、作中の王女レーナが次のように代弁していることによって補なわれはすまいか？

すなわち——

神さま、神さま、ほんとうなのですか、いったい、わたしたちは自分を自分のいたみで救わなければならないというのは？　ほんとうなのですか、いったい、この世界ははりつけにされた救い主そのものだというのは？

（『レオンスとレーナ』第二幕）

あるいはまた——

ひとは、そう、ひとりぼっちで歩いて行く、そして葬式屋《とむらいや》のおばさんがそれぞれの手をひきはなし、それをそれぞれの胸の上に組みあわせるまで、自分をひきとめておいてくれる手をまさぐりもとめるものなのだわ。

（『レオンスとレーナ』第一幕）

（文中、伝記的部分はもっぱらエルンスト・ヨーハン著『ビューヒナー』（ローヴォルト社）に、ドイツのゲオルク・ビューヒナー全集には未収録の仏語論文『ニゴイの神経系に関する覚書』は萬年甫氏の訳文に拠った）。

（一九七〇年十月）

フランツ・ヴルムとの往復書簡

パウル・ツェランの『フランツ・ヴルムとの往復書簡』がズールカンプ社から刊行された。戦後随一のドイツ詩人といわれるパウル・ツェランは一九七〇年に自殺したので、死後二十五年での出版ということになる。

相手のフランツ・ヴルムはほとんど無名の詩人。ツェランがチューリヒを訪れた際に知りあった。

ツェランは誰とでも付きあう気さくなたちで、パリの飲み屋で知りあった相手の自宅にもついて行くような人柄だった。ヴルムとの数多くの書簡集にも、その日常がよく表れている。

ツェランはカフカの愛読者だった。書簡中でも「カフカの文学の面白みがあまりによく分かると、人は幽霊みたいになってしまうのではないだろうか」と述べている。これは主人公が虫になってしまった『変身』などにはさらによく当てはまるだろう。

晩年のツェランは精神に変調をきたし、家を出て行方不明になった。ヴルムのもとに夫人から問い合わせがあった様子も付記されている。彼の病気のおおもとはユダヤ人の両親を強制収容所で失ったためと推察されるが、同様の運命をたどったノーベル女流賞作家ネリー・ザックスとの往復書簡集も一昨年（一九九四年）に刊行された。

（一九九五年八月）

第四章　ツェランと三人の女性たち

詩と絵の出会い——ツェラン夫人の死に寄せて

パウル・ツェランの夫人ジゼルが亡くなった。一九九一年十二月九日のことで、年を越してこのことをドイツの新聞で知ったぼくは声もなかった。ツェラン夫人制作の版画が三点、部屋に掛けてあり、それに眺め入りながら、ツェラン夫人とは親しい交遊だったが、夫人の作品に対して自分はどれほど理解していたかなと内心忸怩たるものがあった。

夫人を訪ねたのは一九七三年である。夫人はその三年前に夫である詩人パウル・ツェランを自殺で失っている。不意の訪問だったが、パリの彼女のアパルトマンの前での初対面となった。一九七二年に訳したツェランの遺作『迫る光』（思潮社）が届いていて、会話の橋渡しになった。

その後何回となく訪ねたツェラン夫人とぼくとの間にはいつもコーヒーやコニャックがあったが、それ以上にツェラン夫人が制作した絵の一枚一枚があった。ぼくがそれらについて感想をいう、するとそれが意外に当たっていて、ツェラン夫人がとび上がるというような場面もあった。パウル・ツェランの生前のことや作品については、むしろ触れずじまいだった。夫人の作品と画業が眼の前にあり、それを話題にする方が自然だったのだ。夫人もあるとき、「詩と絵は二つの別々の世界」とはっきりと言ったことがあった。そのくせ、ぼくが眺める彼女の絵の一枚一枚は、それについて所見を述べれば述べるほど、夫であるツェランの詩の雰囲気に近くなった。そもそも詩画集《息の結晶》のように題名がツェラン的である。あるとき――直接には聞きにくいので――電話でそれを聞くと、「あれは全部夫がつけた」と真実をいった。

それでは夫婦合作で、ツェラン寄りの画風からいって女流画家としての夫人の立場は弱いということになるではないか――この点を夫人も気にしている風があった。夫ツェランはユダヤ人の生まれで、親をナチスに殺されている。ツェランの詩は、この悲しい過去を原点にして書かれているということが確かにある。ところが、夫人はフランス人である。そのような体験がありもしない人間が、そのような絵を描いてしまうというのは、一つのまやかしではないか?

しかし夫人が亡いいま、夫人の絵を見ていて、「ああ、それはこれでよかったのだ」と思う。一九五二年にツェランと結婚して以来、彼が死んだ一九七〇年までの毎日は、そのような体験を持った夫への同情の日々だった。それが、画家としての夫人の作に滲み出ていて、どうしていけないはずがあろう?

パリから日本に帰って以来、ぼくはツェラン夫人との協力制作のことをいろいろ考えた。こちらのパウル・ツェラン詩の翻訳に、夫人の絵をつけるというのが最も具体的なものだったが、詩画集出版のこの企ては、おりからの石油ショックのあおりを受けて、残念なことに中止になった。

その後、ツェランの最後の詩集『雪の区域《パート》』（一九八五年、静地社）や『パウル・ツェラン詩論集』(一九八六年、静地社)を翻訳する機会があって、このときは夫人の協力が得られた。とりわけ『雪の区域《パート》』は、扉絵として左にツェラン夫人の絵、右にツェランの原詩(と訳詩)という彼地でも通用する詩画集の体裁で、ツェラン夫人を喜ばせた。

詩画集と書いたが、生前のツェランとジゼル夫人は詩画集を二冊出版していて、それが前述の《息の結晶》と《闇の通行税》というツェラン晩年のものである。この復刻版が昨年(一九九一年)ズールカンプ社から出版された。詩画集というジャンルはドイツでもまだそれほど盛んではなく、この普及版の出版は、優れた詩と絵の出会いがどれほどの精神的充実を読者にもたらすものか、を一般にも知らせることになるだろう。

詩画集《息の結晶》の中の詩は、ぼくも「中央公論文芸特集」(一九九二年春季号)に訳載する機会があった。《息の結晶》とは、ツェランの詩の中では、高山のいくつもの氷河を越えた向こうにある無人の境に、ひとり凍っている死者の息である。ツェラン夫人の版画もそのような息の形を、断末魔の苦しみの末に死んだとおぼしい死者の最後の息の形をなぞっている。

この二冊の詩画集に含まれるジゼル夫人の作品は合わせて三十点。しかし、夫人の作品数はツェラン生前だけでも約百点ある。

一九九〇年はツェランの没後二十年だった。思潮社が記念フェアを催し、ささやかなパンフレットをつくった。これをツェラン夫人に送ったところ、夫人がやはり彼地で催していた記念展覧会のパンフレットと行きちがいになった。もちろんおたがい手紙をつけてだったけれど、悲しいエールの交換だった、とつくづく思う。

(一九九二年三月)

ツェラン未亡人の死

ツェラン未亡人が亡くなった。一九九一年の十一月中旬にパリの病院で手術を受け、自宅に戻ってからは子息の看護を受けながら、痛みにもかかわらず画業に打ちこんだり、手紙を書いたりしていたが、十二月九日に六十三歳で世を去った。

詩集『息のめぐらし』の翻訳をぼくは九二年十月に完了していた。辞書を見すぎたため眼を痛め、十一月と十二月初旬は本も読めない状態だった。

『息のめぐらし』の翻訳にとりかかったのは、一九九一年に刊行した『誰でもないものの薔薇』（静地社）の次の詩集ということもあるが、一方でまた、ドイツ本国でこの『息のめぐらし』関係の本があまりにも多く出ていたことにもよる。この詩集の第I部が収められた詩画集《息の結晶》の復刻版出版、ベーダ・アレマンの『息のめぐらし』の考証版、ブール編の浩瀚な『息のめぐらしへの資料』などである。

なかでも復刻千部限定版《息の結晶》の出版は重要である。ドイツばかりでなく世界にも未曾有な芸術家夫妻の詩画集の普及は、一般にも詩画集というジャンルの重要性を認識させることになるだろうから。

前述のように、この詩画集《息の結晶》の詩の部分は、詩集『息のめぐらし』の第Ⅰ部の全篇である。

『息のめぐらし』という題は、ツェランの詩論「子午線」の「詩——それは『息のめぐらし』を意味するものかもしれません」から取られている。

ツェランの詩は理解困難といわれている。しかし、これはツェランが彼自身にとってはあまりに当たりまえ過ぎる事柄の上に立って書いているためである。その事柄とは、彼が忌まわしい戦中の記憶をひきずりながら書いているという歴史的大前提である。これを無視して書いているために、彼の詩は分かりにくくなっている。

ツェランの原詩は集中して読書し、理解不可能なときはしばらく時間をおいて反復読書するうちに、おのずと氷解してくるものである。

それでもツェランの詩の真意を理解していたのは、ジゼル・ツェラン゠レストランジュだったような気がしてならない。早い話、ツェランのどれかの詩に自分の絵を付する場合、その意味を夫であるツェランに訊かないということがどうしてあるだろう。晩年の彼女はツェラン詩の仏訳に打ちこんでいたと聞くが、事実とすれば価値ある仕事になっただろう。一九七三年から七四年にかけての交遊とその後の文通だけのつきあいだったが、彼女とその子息エリックは、真にツェランを理解しているとおもわれる雰囲気をたたえた親子だった。（一九九二年三月）

版画家、ジゼル・ツェラン＝レストランジュの死

詩人パウル・ツェランの夫人で版画家のジゼル・ツェラン＝レストランジュが亡くなった。享年六十三歳。十七歳からアカデミー・ジュリアンで画を学んだ。ツェランとは二十四歳のときに結婚。フランス有数の貴族の出であったため、ユダヤ人のツェランとの結婚には反対があった。

フランスの版画の伝統を受け継ぐ第一線級の版画家だった。妻として夫ツェランの詩に寄り添う絵柄の作品が多かった（ツェランは両親を強制収容所で失っている）。難解といわれるツェランの詩を彼女ほど理解した人間はいないだろう。一九六五年と六九年にそれぞれ《息の結晶》と《闇の通行税》とを夫のツェランと制作。ドイツ文学史上最高の詩画集であるとともに、夫婦の詩画集としてもおそらく世界に比類がないものと思われる。

《息の結晶》というのはツェランの詩「灼《や》きはらわれて」（詩集『息のめぐらし』より）の中で、高山の氷河の亀裂の中で尋ねていく者を待っているその最愛の人の最後の息が氷結したもので

ある。ジゼル・ツェラン＝レストランジュはこの詩画集の冒頭に息の固形化とおもわれる絵柄の銅版画を添えている。

（一九九二年三月）

ツェラン／ジゼル詩画集《息の結晶》（1965年）扉絵

ツェランの友人ジャン・デーヴの回想録

ツェランの友人ジャン・デーヴの回想録

本書“Unter der Kuppel”『円屋根の下で』（二〇〇九年）は、フランスの詩人 Jean Daive の一九九六年に出版された“Sous la coupole”の独訳である。Jean Daive（ジャン・デーヴ）は一九四一年生まれの詩人。パウル・ツェランと親交があり、ツェランが一九七〇年に自殺したあと、ツェランの妻ジゼル（一九二七―九一）から遺言執行人に指名されている。本書はその彼の、とりわけ晩年のツェラン回想録である。ツェラン自殺時のことについては、次のような記述が生なましい。

最後の電話――暗い、引き裂かれた、墓の中からのような声。文字どおり顫《ふる》えている声。背筋を恐怖が走る。「ジャン・デーヴ、君にはもう会えない。どうしてかだって？」

その声はほとんど啜《すす》り泣きになっている。話を交わす。会うことにする。エミール・ゾラ大通りで待ち合わせるが会えず、その後二日経っても音沙汰がない。ツェランの住居の部屋には誰もいない。パウル・ツェランは失踪した。

一九七〇年四月二十日、月曜日朝、ジゼル夫人からの電話――「ジャン、日曜日、パウルを見た？　私、不安なの。何も消息がないの。パウルは失踪したんだわ」

パウルの失踪の間、ジゼルは私にこう言っていた――「パウルは腕時計をナイト・テーブルの上に置いていったわ。ということは、もう死んだということよ――」。「どうして？」「パウルはいつも時計を腕に嵌《は》めていたわ。そして予告していたわ。『時計を外していくときは、ぼくが死ぬときだ』とね」

ひと月ほど経ってジゼル夫人から――「ジャン、パウルの遺体がセーヌ川から引きあげられたの。最後の水門に引っかかっていたの。これから死体安置所に行ってきます。死体の確認に」

翌日の夕、ジゼル夫人から――「確認はできなかったわ。顔が膨れあがり、どす黒くなっていたわ」

ツェランの友人ジャン・デーヴの回想録

ジャン・デーヴは一九二〇年生まれのツェランより二十一歳年下だが、パリに住むツェランの文学仲間デュ・ブーシェ（一九二四年生まれ）やジャック・デュパン（一九二七年生まれ）より、はるかにツェランと親しかった。もう一人、ツェランの身辺には、ウィーンからツェランを慕ってやってきた画家イェルク・オルトナー氏（劇作家ハインツ・オルトナーの息子）がいた。

このジャン・デーヴやイェルク・オルトナー、そして何よりもツェランの妻ジゼル、そして当時十七歳の息子エリックにぼくは一九七三年から七四年にかけて何回も会った。とりわけジゼルとはコニャックを飲みながら、彼女の版画を次から次へと見せてもらった。

ツェランの妻ジゼルは日本の駒井哲郎氏に似た銅版画を制作する画家だった。ツェランの詩に付した作品が多く、強制収容所による犠牲者の昇天を祈る一連の絵は感動的である。

（二〇〇九年九月）

ジゼル・ツェラン＝レストランジュ

〈亡きものたち〉への祈り——ネリー・ザックスへ

ネリー・ザックスへ宛てられたあのツェランの詩のなかには叩きつけたいようなツェランの気持ちも働いているだろう。あなたはどうしてそのように落ち着いていられるのです、という非難がましいツェランの突っかかりは、言葉を失った老婦人の前に、その途方にくれた姿がそのまま救済ででもあるかのように、くずれおれてしまう。

この性急なありようをパウル・ツェランは、ユダヤ人収容所からもちかえった。言語を絶する圏内に向けてひたすらに歌いつづけようとする彼のありかたは、終生変わることがなかった。過去において現われることのなかった神は、言葉の背後にもついに現われることがなく、しかも彼は石をおしあげることが日常となったシジフォスのように、むなしくともひたすら歌いつづけていくしかなかった。

ツェランの詩篇のなかのネリー・ザックス、そして彼女自身の詩篇のなかでも、ネリー・ザックスは、いかにも従容とした、どこかしらゆとりのある趣きを浮かべていた。それはまぎれもなく高齢者の、世間からすっかりひきこもった静かな生活者のそれだが、もしこのようなありかたを一口であらわせといわれたら、問いつめられたネリー・ザックスは疑いもなくただひとこと〈避難 Flucht〉という言葉を選ぶだろう。これが彼女の立場のすべてを代表する。

年譜によると一九四〇年、彼女はセルマ・ラーゲルレーフの助力によって、母親とともにストックホルムに逃げのびたのだった。ほかの家族たち、そして彼女の許婚者も、みな強制収容所の犠牲となった。それは文字どおり〈逃げのびた〉のであって、トーマス・マンの場合のような〈亡命〉という言葉は彼女の実感ではなかっただろう。戦後もスウェーデンを離れない彼女の文学を〈亡命文学 Exilliteratur〉と呼ぶならば、彼女は悲しげに答えるだろう――いいえ、わたしの真の体験は、皆殺しにされた同胞の間から辛うじて脱出してきた〈避難 Flucht〉だったのです。彼女はさらにまた、付け加えるだろう――わたしは残してきた同胞たちにいつも後ろ髪をひかれています、この同胞たちはもういない人たちです。

ツェランの自虐はまぎれもなく自分がいまなお生きのびていることにあるのだが、ネリー・ザックスの場合、それが特に顕著というわけではない、しかし、ツェランが死をまぬがれることによって勝ちえた詩作可能の場にネリー・ザックスもまた立っているのであり、そのちがいといえば、ツェランの歌いぶりがいかにも息をとぎらせているのに対して、ザックスのそれは長い呼吸――つまり嘆息であるのだ。

おお煙突たち
たくみに考案された死の住家に立つものたち
イエスラエルのからだが煙とちらばい
空を昇っていったとき——

（「おお　煙突たち」より）

わたしたち　救われたもの
そのうつろな骨格から死がはやくもフリュートを切り刻み
その腱を死がはやくも弓でかなでたもの
わたしたちのからだはいまもなお
きれぎれの音楽ともども嘆きをおくる

（「救われたものたちの合唱」より）

この悲嘆はその長くひきのばされた調子においていかにも古代ユダヤ的、旧約世界的だが、さしあたりはまず、そのたなびき、たゆたいの行方に目を向けるのがいいだろう。ネリー・ザックスはたしかにツェランより長い呼息で歌える。それは彼女にゆとりがあるためなのだが、この〈ゆとり〉は決してあだおろそかに空費されるわけではない。それは悲嘆の向けられた空にいつまでも何ものかをとどめておく。その何ものかとは、ごく普通には、〈あこがれ〉というのが、彼女の詩篇には一番忠実な言い方だろう。あこがれ、慕わしさ、追憶、追懐。女性であるネリー・ザックスの〈あこがれ〉はその重たい真実味のために、その深みから、ぼくらの胸をうつ。それは何よりも〈亡きものたち〉へのあこがれなのだから。

あなた（母親）のあこがれは妹をつくる

（「神秘のなか」より）

〈妹〉とは死んだ妹への生き残った母親のあこがれだろう。このあこがれはそのままネリー・ザックスのあこがれでもあり、それが胸もはりさけんばかりになったとき、彼女の詩句はひたすら彼女自身を救おうとする方向へ、つまり宇宙のほうへ向かう。

なぜなら　あこがれはいつまでも家庭的であることをゆるされない
星から星へ！
橋をつくるあこがれは

（「おおおまえ、世界の泣いている心臓」より）

こうして、ネリー・ザックスのあこがれは夢のようなコスミックな相貌をおびて、しかもやはり実在する天体の中の旅をはじめる――

地球から
月
そして

その他の花咲く天の鉱物へふれようと
やってくるものは——
想い出の
狙撃をうけて
高くとびあがるだろう
あこがれの爆薬をうけて
というのも
地球のいろどられた夜のなかから
そのものの祈りは翔りのぼったのだから
日々の殺戮のさなかから
内面の眼路をもとめて

火口や乾燥湖は
涙にみたされる
星々の宿駅をめぐりゆく
塵なきはてへの旅路

いたるところ地球は

郷愁の植民地をつくる
さわぎたつ血の大洋に
降りたつことはできない
いざようばかり
傷つけられることのない永遠のしるし——生と死の
リズムのなかを……

（「地球からやってくる者は」より）

戦後十年余を経て作られている右の詩は全体として晴れやかにさえ感じられるが、しかもその中に心傷がおし包まれていることはまぎれようもない。この星から星へめぐる主体は、少なくともぼくには、小さな幼児の姿で髣髴する。幼児とは、たとえばペーター・ヴァイスのアウシュヴィッツ裁判劇『追及』のなかに何気なく、

子どもたちは母親のスカートにつかまり、

（焼却炉の場面より）

としるされているそれだけであってもいい、母親に対して一途に慕わしげな幼児らであるのだ。この慕情だけはあらゆる社会で最後まで保証される唯一のものであるように思われる。しかもそれが引きさかれるとき、その悲嘆の激甚さを、おそらくネリー・ザックスほどに震撼して受けとめ筆にのぼせた詩人はほかにないのではなかろうかと思われるほどだ。

詩劇『エリ』において子ども〈エリ〉は両親のあとを追う。しかも彼は、空へむけて、ユダヤ伝来の角笛ショファールを吹きならす。これは羊や子牛を呼びよせる笛なのだが、この母恋し父恋しの笛を吹きならす最中にエリは、ナチスの兵隊の一打のもとに撲殺されてしまう。おなじ劇の第十五景で、

すべてはあこがれとともにはじまるのです。

といわせていることばは、おそらくザックスの文学の核心を一気にあらわしていることばだろう。ネリー・ザックスの文学的教養の豊かさからいってこのあこがれはゲーテあるいはロマン派からの系統をひくということも可能だが、このような文学史系統づくりのもつ弊害として、この場合、ネリー・ザックス個人のあこがれということばの真のニュアンスを取り逃がしてしまうおそれがある。

〈あこがれ〉ということばは、ネリー・ザックスにしてみればおそらく、〈愛〉といいきってしまったほうが簡単なことばだ。彼女は許婚者に対しても〈あこがれ〉を抱く。どうして〈愛〉であってはいけないのか、という問いに対しては、ただちにそれは許婚者が〈亡き〉許婚者なのだから、という答えが返ってくる。彼女のあこがれは死者を追って何処までも翔りのぼっていく。そのあこがれは歴史の、運命の残酷さによって断ちきられた愛を、なおも存続させようとする個人の、ひとりの女性のほとんど理不尽な衝迫なのだ（パウル・ツェランの場合、

このような想念はもっと形而上的だ）。

ここまできてぼくらは、久しく忘れていた〈自然〉ということばに再会する。〈母性〉とか〈女性〉とかいった自然の根源に根ざすことばにも、現代ではめずらしく再会する。とはいえ、この再会のきっかけは、戦争とか大量殺戮とかのおよそ反自然的な人間事だ。

ネリー・ザックスの詩作品が、戦争直後の『死の住家《すみか》で』（一九四七年）や『星の蝕《しょく》』（一九四九年）、の比較的具象的なものから、やがて『そして誰もそのさきは知らない』（一九五七年）、『避難と変容』（一九五九年）、『塵なきはての旅』（一九六一年）などの、一口にいって幻想的なものへ移りかわっていく成り行きには、単なる外面的な様式の変化以上のもの、根源からそれを変えずにはやまなかったエネルギー、右にのべたような女性的・母性的な情愛の力、ネリー・ザックスがいう意味でのあこがれの力がはたらいているのだとみなしたい。〈夜のくらがりにいつまでも愛する者の面影を切に思い描くことをやめよ〉といったのはシュペルヴィエルだが、ネリー・ザックスはそれとおなじことを、禁止句をもちいることなしに単純に、したがって夜のくらがりの背後にまで何ものかを描きこんでしまうほどのひたすらさで、描きつづけた。それは直截に、

闇のなかに坐るものは
夢に火をとぼす

（『エリ』第十景より）

とも、いいあらわされる。

ネリー・ザックスはまさに母胎とか子宮とかいったものの力で夢見るのだろう。彼女の幻視は天上的というよりは地上的で、あらゆる悲嘆の極みまでもきわめつくそうとし、いつしか暗黒な土壌の底まで降りたちながらも、かえってその湿潤の中からふつふつとした想像力の源泉を掘りおこしてくる。しかもこの想像の力は、次の瞬間ただちに、亡き者たちの、口に出して、文字にしたためられて、残されることのなかった胸中への共感となる。

むなしくも
手紙のかずかずが
夜々のなかの夜
避難のたきぎの上に燃やされる
なぜなら愛は　受難のうちに笞《むち》うたれ
いばらのしげみから身をよじり
炎の舌ともどもはやくも
目にみえぬ天を接吻しはじめるから
夜警が壁に闇をなげつけ
大気は
予感におののいて

吹きよせる追跡者の絞索とともに
祈るとき――

待て
文字たちが燃えさかる沙漠のなかから
たちもどり
聖なる口たちに食べられるまで
待て
愛の精霊地質学が
掘りおこされ
その年代が明らかにされて
浄らかな指の指示にかがよいながら
ふたたびその創造のことばを見いだすまで――
そこ　死につつ歌う
紙の上に――

はじめに
あったもの

それは
　愛するひと
　　それは――

（「むなしくとも」より）

ここにいわれる愛がそこにいわれているとおりの愛ということばで呼ばれるには、相手と自分との間に彼我をわかたぬ心のかよいあい、受苦のさなかをもいとわぬ血のかよいあいといったものが必要であるように思われる。めらめらと燃えあがる手紙の火中にその愛の幻想を見る必然は、女性としてのネリー・ザックスの亡き許婚者へのひたむきな没入と同苦から発している。そのような理由のある幻想は、ほかの詩篇のなかでは、

だれが知ろう、何という魔術的な行ないが
目に見えぬ空間のなかではたされているか？

という幻想を生みだすもとにもなっている。この引用詩行のまえには、

始原の園にいます天使たちよ
何とかずかずの拷問の里程を
あこがれは、あなたがたの祝福の場へ

もどるため　いそぎ通らねばならぬのでしょう

（「神秘のなか」より）

という詩行も見受けられる。このような幻想あるいは幻視は、たしかにネリー・ザックス自身の（あるいはツェランの詩にうたわれているもうひとりのネリー・ザックスの）生き残った苦しみを通してにじみでているものだ。避難という負い目が彼女の詩の唯一の立場となって、この地点から彼女は、もしこの避難がなければ死んでいたにちがいないもうひとりの彼女、したがってそれは彼女の姉妹でもあれば許婚者でもあるものの虚空にみなぎる悲痛の声、もがきうめく苦悶の姿をしずめようと、よりそいすがりつくような愛慕の情のうちに歌う。この祈りの歌のなかに迫害者に対する呪いがいささかも含まれていないといったら嘘になるだろう——

殺人者よ、どの墓の塵でおまえはかつて　そのおぞましい衣裳をつくったのか
その塵を　一陣の風が　夢魔にとりこめられたひとつの星から
神へともだえ苦しむ一群のものらへ　死者たちの雪さながら　吹き送ったとき
殺人者よ　おまえの手には十本の拷問杭が生じた

それゆえに、おまえは殺戮のさなか　愛のふるえを感じることもなかった

……（略）……

（「亡き許婚者のための祈り」より）

根源的なものへまで溯ろうとするネリー・ザックスの強靭な想像力は、〈愛の精霊地質学〉のほかにも、生きとし生けるもの、在りとし在るものの〈精霊地質学〉を掘りおこしてくる。たとえば〈亡き許婚者〉の足からナチの手によって剝ぎとられた〈靴〉はかつて〈子牛〉の皮であったものであり、しかもその皮は、剝ぎとられるまえ、母牛の舌にいまいちどなめられた皮であろうという〈遡源〉は、やや異常とさえ思われるにしても、結局はわれわれを納得させるものであり、さらに考えると、この母牛と子牛の〈精霊地質学〉は親子の〈愛〉にもとづいている。同様のことがたとえば、次のような一節についてもいえる――

復讐の武器を畑におけ
それらが鳴りをひそめるよう――
なぜなら鉄も穀物も　兄弟なのだ――
大地の胎内では

（「聖地の声」より）

この宥和も〈愛〉をとおしているのだが（ここで思いだされるのはゲーテの親和力やホフマンスタールの合一《フエアアイニグング》である）、森羅万象という以上にも広い宇宙的な規模において、ネリー・ザックスの詩のなかの素材は交感しあい、しかもその間の橋渡しをしているのは、あの亡き魂をもとめてやまない〈あこがれ〉なのだ。

いつも
子どもらの死ぬところでは
石や星
そしてその数だけの夢たちが
故郷をなくす
（「生きながらえたものら」より）

夕雲には亡きものの血がにじんでいるのだろう、大地には亡きものの骨灰がまみれているのだろう、石や岩や星々には、右の詩句にも歌われているように、そのひとつびとつに、亡きものの運命がまつわっているのだろう、このようにしてはじめて、次のような可憐げな一篇の暗澹さも了解がつく――

なんと大地は
かるいことだろう
ひとひらの雲　夕べの愛
もしも石が救済されて音楽となり
いずこへか逃散したら

そして人の胸に
悪夢となってうずくまる
岩石たちが
憂鬱の重みが
血管から砕けちったら

なんと大地は
かるいことだろう
ひとひらの雲　夕べの愛
もしも黒く熱せられた復讐の念が
磁石のように　死の天使に
ひきつけられ
その雪の衣にふれて
つめたくしずかにこときれたら

なんと大地は
かるいことだろう

ひとひらの雲　夕べの愛
もしも星めく性質が
無の
薔薇の　接吻とともに
消えうせたら――

（「何と大地は軽いことだろう」より）

ネリー・ザックスの詩の事物のことごとくには、亡きもののいたみへ迫ろうとする彼女自身の心痛がひそんでいる。彼女の読者はそのひとつびとつに多かれ少なかれいたわりをこめた指をふれていくだろう。その繊細さの程度がとりもなおさず読者自身の亡きものへ対するいたみをあらわすことになるだろう。

ところで、ネリー・ザックスにあって、〈亡きものたち〉とは決して第二次世界大戦中ナチス・ドイツの手にかかってたおれたユダヤ人たちの全体観念ではないことも重要だろう。彼らの数が一千万であったということは実はそれほど多くのことを語らない。一千万という数で呼ばれたとき、彼らは瞬時にひとつの集団となって石化してしまうのであり、政治家や統計学者ならぬ詩人ネリー・ザックスにとって必要なことは、むしろこの一千万という数がどれもみな、ひとりびとりの人間であったことを伝えることなのだ。こうしてネリー・ザックスの詩集のなかにいるときの読者であるぼくらは、彼女にとって実に身近であった人びと、彼女の兄弟姉妹や父親、そして後年死んだ母親、彼女の近所に住んでいた男たちや女たち、老人、そして子どもたちの間にいることになる。このファミリアな交遊圏にあってはじめて、ありとあらゆるものへのあこがれのこめられた彼女の詩がいきいきと生動しはじめる。彼女がそれでもなお全体としてユダヤの民を歌おうとするとき、それは旧約の世界からの象徴的なひとりびとり、〈アブラハム〉や〈ヤコブ〉や〈ヨブ〉や〈ダニエル〉にならざるをえない。そのなかのひとりヨブについて、

あなたが立つところには、いたみのほぞがある

（『イスラエルの受難』より）

と歌われるとき、これはユダヤの民のいたみを代表するヨブひとりの肉体的な苦痛、真のいたみが問題にされている。外から見られたいたみ以上の内なるいたみ、それをネリー・ザックスは彼女自身のいたみによって共感する。そのようなとき、彼女の魂は安全圏内に脱出していたはずの彼女の肉体からかけはなれて、亡きものらの魂と相擁することを求めつつ、星から星へとあこがれとぶ。そのようなとき、彼女の魂は〈生と死〉のあいだをさまよって、いつまでもいざよいつづける。彼女にとって〈生〉とは〈死〉のなかに、死者とともにあることだろう。明るさの底に真のさびしさをひめて住む彼女は、ある詩のなかでこう歌っている――

昨晩
わたしは暗い小路の

角をまがりました
するとわたしの影が
わたしの腕へたたなわりました
このくたびれた着物を
わたしはまだまとっていかなければなりません
すると〈無〉の色がわたしに呼びかけました——
あなたは彼岸のひと！

（『燃える謎』より）

（一九六九年三月）

詩人ザックスの書簡集

『ネリー・ザックス書簡集』がドイツのズールカンプ社から出版された。ネリー・ザックスは一九七〇年に七十八歳で没したユダヤ系の女流詩人、戦争中に失われたユダヤの同胞を悼む詩や劇によって一九六六年度のノーベル文学賞を受賞している。

五十五年間にわたる彼女の書簡集の宛て先は、一九四〇年以来彼女の永住の地になったストックホルムの知友、そしてドイツ本国やスイスの詩人や作家や編集者たちである。

ネリー・ザックスは第二次世界大戦下のナチスの強制収容所で彼女の恋人を失っている。彼女自身は戦争勃発直前に母親とストックホルムに亡命したのだったが、この二つの事実、〈愛する人の喪失と亡命〉とが、一九五〇年に母親を失ってひとり暮らしを始めた彼女の心の中を強迫観念のようにさいなみつづけたのだった。そのうち後者、亡命という事実は、彼女の中では、自分のみが安全圏に逃れ得たという自責の念になりかわっていたという。

ネリー・ザックスはスウェーデンの現代文学をドイツ語に翻訳することで糊口をしのいでい

た。セーデルグラン、トゥールシー、エトフェルト、トランストレーマーらの詩を独訳し、そのシュールレアリスティクな作風の影響を受けて、彼女自身も戦後ドイツで最も前衛的な詩作者の位置にいた。

晩年はとりわけ、ドイツの詩人H・M・エンツェンスベルガーに手紙を書いている。極貧の生活ぶりを包みかくさず書き、台所がいちばんの仕事場、と書いている。

彼女に終始つきまとっていたのは、前述のような強迫観念だった。五〇年代から多くの歳月を精神病院で過ごし、「ゆうべはダンテの地獄のような一晩でした。死につきまとわれていました。あなたがたみんなまでが死のるつぼの中に落ちこむのではないかという恐怖の中にいたのです」(エンツェンスベルガー宛て)という手紙を書く。

このような宿痾を持ったもう一人の詩人にやはりユダヤ系のパウル・ツェランがいたが、彼との劇的な出会いについてもネリー・ザックスは手紙を書いている。ツェランは深く思い屈していたのだろう。後日、ネリー・ザックスに宛てて、そのときの心優しい対応を謝した詩が一篇残っている。

(一九八四年八月)

パウル・ツェランとネリー・ザックス

パウル・ツェランとネリー・ザックスの『往復書簡』は、一九九三年にドイツの出版社、ズールカンプ社から刊行された。パウル・ツェランもネリー・ザックスもともにユダヤ＝ドイツ系の作家で、前者は一九二〇年生まれ、後者は一八九一年生まれである。ネリー・ザックスは一九六六年にノーベル文学賞を受賞している。ツェランもザックスも一九七〇年に没しているので、この『往復書簡』は、両者が没してから二十三年目の出版ということになる。

両者の手紙のやりとりは約十六年間にわたっている。年齢が二十九歳離れた戦後最大のドイツ詩人同士の往復書簡である。

両者の手紙は、何よりも精神を病んだ二人の人間の心の交流の観を呈している。その根を掘り下げると、そこには第二次世界大戦下のナチスによるユダヤ人迫害という問題が浮かび上がってくる。

しかし、この『往復書簡』は戦後の産物である。ナチスによるユダヤ人迫害による両者の精神異常の徴候は戦後の出来事に触発されて発現している。

ツェランの精神不調の原因は、この『往復書簡』に見られる限りでは、一九五九年の批評家ブレッカーによる新聞紙上でのツェラン批判、一九六〇年物故詩人イヴァン・ゴルの妻クレールによる、自分の夫の作品をツェランが剽窃したという弾劾、一九六〇年以前の作家アンデルシュとの不和などである。

これに対して、ネリー・ザックスの不調の原因は、一九六〇年に彼女の居住地ストックホルムで反ユダヤ主義の怪文書が出回ったという事実、これとの関連で、ザックスが無線による監視をネオ・ナチから受けているという妄想や、神経ガスで殺されそうになっているという妄想にとらわれたという事実、などである。

ツェランとザックスの文通は一九五四年ごろに開始された。ツェランがザックスの詩集を読み、手紙を出したのがきっかけだった。ツェランはこれにひきつづいて自分の処女詩集を送り、これに対してザックスが礼状を書いている。これが今回の『往復書簡』の冒頭になっている。

両者の手紙はこのあとしばらく、世に出た詩人同士のつきあいにふさわしく、自分たちの発表活動の報告を中心に展開されている。ツェランは国際的雑誌「Botteghe Oscure」とのかかわりが深く、この雑誌への寄稿をザックスに依頼している。

このような手紙の内容の間を縫って、とりわけザックスの側から打ち出されるのは、自分の詩作の立場の表白である。これに対してツェランの側はいくらか受太刀に、あくまでも受身で、立ち上がっている。

わたしも「此岸」から出発して、わたしの民族の未曾有の苦悩へと至る道を、苦しみによって前方へとまさぐって行かねばなりません。

（ネリー・ザックス、手紙1）

偽りの星がわたしたちの頭上をめぐっています——これは確かです。しかし、あなたの声の痛みが滲み透った犠牲者たちの灰の粒は、それにもかかわらず永遠の軌跡を描いて空中をめぐっています。

（パウル・ツェラン、手紙6）

外面的な事柄に終始しようとするツェランに対して、内面的な事柄を強くおし出そうとするザックスがいる。ザックスは事あるごとに自分の詩を同封する。これに対してツェランはまったく詩を書き送らないにひとしいし、そもそもの当初から、あまり手紙を書きたがらないそぶりである。頻繁に手紙を書くザックスは筆不精のツェランに苛立って、早く返事を下さいといった訴えの調子の手紙を書くことがしょっちゅうである。

しかし、ザックスが自分の身辺にもいるドイツ文学者仲間、とりわけH・M・エンツェンスベルガーのことを書き始めたころ、それにつられたようにツェランも自分の日常的身辺のことを語り始める。

そして、これをきっかけに、両者の交遊は驚くべき局面に入るのである。

つまり、ツェランにとって、自分の身辺を語るとは、自分の精神異常を語るのとほぼ同義語だった。彼はたえず鬱屈していて、その原因は、この往復書簡の中では、さきほども書いたように、自分の詩に対する批評家の攻撃、ゴル未亡人による剽窃告発、アンデルシュとの交友上の不和などである。このうち、とりわけ最初の一事はユダヤ人問題と深い関係がある。ツェランがそれに傷ついて、外敵と激しく渡りあっても当然だったかもしれない。しかし、その他はむしろ個人的な事柄であり、ツェランがデプレシブな体質でなければ、軽く一蹴できる事件であったかもしれない。

しかしツェランは悶々とするたちで、それをまた「愚痴」として外にとめどもなく語り出すたちだった。ザックスに一旦胸襟を開いたとき、ザックスが聞かされたものは、これらの「愚痴」だった。

ところが、さらに驚くべきことには、はじめはノンシャランスの精神の持ち主のように見えていたザックスが、ツェラン以上に深刻な、本物の精神病の病状を告げ始めたのである。ザックスの精神異常は一九六〇年には電気ショックを受けるまでになった。原因は、前にも述べたように、反ユダヤ主義者の運動に対する恐怖だったが、これには戦時中以来の個人的事情が深くかかわっている。

ツェランはこの時、ザックスの精神的危機の報を受けて、パリからストックホルムに直行した。しかし、入院中のザックスに会うことは不可能だった。

この発作後の三年間、今度はザックスからの手紙が極端に少なくなっている。数篇の詩を書き送る程度になっている。

しかも、この一九六〇年の発作の直前は、ザックスのドロステ＝ヒュルスホフ賞受賞をきっかけに、ザックスとツェランがチューリヒではじめて出会い、その直後もザックスがパリのツェラン一家を訪ねるなど、直接に会って親密の度を加えた両者にとって最も幸福な時期だった。『往復書簡』も自然でおだやかなトーンに変わっている。

最晩年のザックスは癌による苦痛の中で死んだ。ツェランは妻子との別居（一九六七年以降のこの件をツェランはザックスに明かしていない）まで招いたほど精神障害に苦しんでいた。ツェランがパリのミラボー橋から投身自殺したのは一九七〇年四月末であるが、その後一カ月と置かず、五月十二日にザックスはこの世を去った。


この『往復書簡』のもう一つの大きなテーマは、戦時中と戦後のユダヤ人迫害問題である。後者、戦後のユダヤ人問題は、ツェランとザックス両者の精神異常を触発している。そして、この精神異常の病根は、前者、つまり戦時中のユダヤ人殺戮にあった。ツェランとザックス個人に即していえば、ツェランは戦時中のユダヤ人強制収容所で父母を失い、ザックスは（定かには書かれていないが、少なくとも詩の上では）許婚者を失ったのだった。

この個人的事実についてはこの往復書簡の中では両者とも触れずじまいである。しかし、第三者の眼にはどうしてそれほど底なしの暗澹たる調子にまで落ちこむのかと思われる両者の心状態が、そのままこの病根の根強さを物語るだろう。

生前のツェランにとっては妻子が、ザックスにとっては、文学的にはエンツェンスベルガーが何よりの励まし手だった。このうち、一九九一年に惜しくも世を去ったツェランの妻ジゼルを除いて、子息のエリック（Eric Celan）とエンツェンスベルガー（H.M. Enzensberger）が、この『往復書簡』のそれぞれの後見人であるのは、二人と面識があるぼくにとっても喜ばしい事実である。

（一九九六年十一月）

パウル・ツェランとネリー・ザックスの往復書簡

「御存知の通り、わたしは平和を好む人間で、どんな復讐もわたしには縁遠いものです！
Du weißt ich bin für Frieden und jegliche Rache ist mir fremd!」。

これはネリー・ザックス（Nelly Sachs）がパウル・ツェラン（Paul Celan）に宛てた手紙の中の一文で、『パウル・ツェラン／ネリー・ザックス 往復書簡』の中の第一一二の手紙の追伸の箇所に述べられている。

ネリー・ザックス（一八九一―一九七〇）は一九六六年にノーベル文学賞を受賞したユダヤ系ドイツの女流詩人。婚約者をおそらく第二次世界大戦下のユダヤ人強制収容所で失い、このため、戦後すぐから書き始められた彼女の詩は、どれも悲しみに包まれ、亡き人びとへの憧憬に満ちている。

ここで「追慕」と書かず「憧憬」と書いたのは、開戦直後ドイツからスウェーデンに亡命することができた彼女が、見捨てて来た婚約者に終生憧憬の念と、早くその人の許に身罷《みまか》りたいという、もう一つの憧憬の念を抱いたからである。

パウル・ツェラン（一九二〇―一九七〇）もユダヤ系ドイツの詩人。彼にも第二次世界大戦中に両親を見捨てて逃げて、ユダヤ人強制収容所に失ったというコンプレックスがあった。東欧出身の彼は一九四八年にパリに出て、やはり亡き人びとへの悲しみに深く包まれた『罌粟《けし》と記憶』以下約十冊の詩集を次々に発表した。当時のドイツ本国では「四七年グループ」という文学集団の活動が盛んで、ツェランもその一員に数えられるが、早くからフランスのシュルレアリスムに憧れていた彼の詩は、この集団の中でもとりわけ前衛的である。

拙訳で出版された『パウル・ツェラン／ネリー・ザックス往復書簡』（青磁ビブロス）にはこの両者の手紙が一九五四年から一九七〇年にわたって収められている。最初の部分は詩人間の挨拶文句程度に終わっているが、次第に自分たちの身のまわりのことを語りはじめ、ついには自分たちの心を刺激するあれやこれやを語りはじめる。それは「ユダヤ人迫害」についてである。このために本書は二人の精神病者の往復書簡の体裁をとっている。心ないドイツ人たちに対するうらみつらみを述べるツェランに対して、前述のように「復讐」しないことを説くザックスがいる。

ツェランにはジゼルというフランス人の版画家の妻がいた。ユダヤ人虐殺には直接関係ない彼女がどれほどツェランの心性にとけこんでいたかも、この「往復書簡」に添えられた数葉の版画からうかがうことができる。

（一九九六年十二月）

ツェランのスキャンダル
——『バッハマン／ツェラン 往復書簡』をめぐって

1

ツェランの死後四十年、旧悪が暴露されたというのか、彼の生前の女性関係が明るみに出され、しかもその一人は、ツェランと並ぶ戦後最高の女性詩人インゲボルク・バッハマンとあって、世間はしばらく啞然として、開いた口が塞がらない形だった。

これは、二〇〇八年ドイツで出版された『インゲボルク・バッハマン／パウル・ツェラン往復書簡』によってである。

どうして後世に残るような恋文を保存するのか？——われわれ日本人には理解できないことだが、ドイツでは作家自身の原稿類保存癖は強く、ともかくも一巻の不倫の書簡集が残った。〝不倫〟というのは、ツェランには正妻ジゼルがいたからである。ツェランとバッハマンとの性交渉は、ツェランが夫人と正式に結婚する一九五二年以前からのことだった。これは別段構わない。しかし、この交渉は、この結婚後も数回にわたってつづいた。これは世間的にはいわゆる不倫である。今回の書には巻末に年譜の形で二人の出会いから別れまでがしるされているので、それを分かりやすく抜粋する。

〈一九四八年五月十六日〉 パウル・ツェランとインゲボルク・バッハマンのウィーンでの最初の出会い。

〈一九四八年五月二十日〉 肉体関係の始まり。

〈一九五〇年十月から同年十二月まで〉 インゲボルク・バッハマンのパリ滞在。

〈一九五一年二月から同年三月まで〉 インゲボルク・バッハマンのパリ滞在、その後ウィーンへの帰国。

右二回のパリでの出会いは、両方ともその際情事があったと見なくていいものである。〝不倫〟と言っていいのは、その間にツェランと正妻ジゼルの結婚があるからである。

〈一九五一年十一月〉　ツェランとジゼルの最初の出会い。
〈一九五二年十二月〉　ツェランとジゼルの正式結婚。
この結婚の直前の一九五二年十一月、インゲボルク・バッハマンは有名な作曲家H・W・ヘンツェと出会い、一九五三年以降同棲した。しかし、これは長続きはしなかった。ツェランとバッハマンの間に〝焼けぼっくいに火〟的に再度関係が生じたのは一九五七年からで、
〈一九五七年十月十四日〉　四七年グループのケルンでの集会のあとの出会い。新たな恋愛関係の始まり（一九五八年五月まで）。
である。この「新たな関係」とは――
〈一九五七年十二月七日―九日〉　ミュンヒェンのバッハマン宅にツェラン滞在。
〈一九五八年一月二十八日―三十日〉　同右。

である。そして、

〈一九五八年五月七日〉同右。恋愛関係の終止。

このあと、

〈一九五八年六月二十三日から同年七月初旬まで〉バッハマンがパリに滞在。彼女と夫人ジゼルとの最初の出会いと話し合い。

があって、つまりここでは、バッハマンとジゼル夫人の間でこの三角関係についての話し合いが行なわれたものと思われる。しかし、この三角関係の終止については何よりもバッハマンの新しい恋愛が関係している。つまり、

〈一九五八年七月三日〉彼女とマックス・フリッシュとのパリでの出会い。

である。そしてまもなく同棲生活に入った。

以上、『バッハマン／ツェラン　往復書簡』中村朝子訳（二〇一一年、青土社）の巻末の年譜

によって、ツェランとバッハマンの関係を——途中からはとりわけツェラン夫人ジゼルとの〝三角関係〟を念頭に置きながら——辿ってみた。

もちろん、これだけでは身も蓋もない。というわけで、両者の交渉の内面を同書に収められた手紙に即してもう少し丹念に辿ってみたい。

結論を先に書くと、この二人の恋愛は——驚くべきことに——二人の生涯にわたってバッハマンの片想いだったようである。

二人が関係を持ったのは一九四八年である。このときツェランは二十七歳、バッハマンは二十一歳だった。

ほとんど信じられないことだが、バッハマンは普通のドイツ人と同じくユダヤ人に対してコンプレックスを抱いていて、これがツェランに惹きこまれていく端緒になったのだとぼくは思う。

バッハマンはツェラン以前、やはりユダヤ人のイギリス占領軍将校に恋をしたことがある。バッハマンの父親は戦時中熱烈なナチ党員で、敗戦時十八歳だったバッハマンはその感化を強く受けていた。敗戦後のドイツ人なりオーストリア人（バッハマンはオーストリア人だった）なりの罪悪感は、われわれ日本人の想像を絶するほどに強かった。〝全国民総懺悔〟といっていいほどで、悔いざる者は人間にあらずといった風潮だった。若い娘だったバッハマンもこの風潮に染まってしまったというのが私見である。でなければ、彼女の詩がはらんでいる暗さが理解できない。この暗さは独特のもので、それを突きつめるとどうしても不気味さや不吉さの領域に降り立ってしまう。この暗さが時代的、国民全般的であるというのでは詩人としてのバッハマンを貶《おとし》めることになるが、ぼくはそう思い、この点でバッハマンをそれほど好きになれない。それならばギュンター・グラスのように、自分が過去にナチの兵士だったことに無頓着で、他人に言われてはじめて気がつくというか、事態の重大さに目覚めて、そこで国民全体の袋叩きにあって悲鳴を上げるほうがまだ正直である。

詩が陰惨なものを持っている、それが同時に国民的だというのは、バッハマンも持っているドイツ人の観念性につながるとぼくは信じる。このときの〝観念性〟とは、端的には観念論の支配下にあるドイツ・エリートたちの思考法のことで、これが教育を通して国民全般にまで及んでいるのが、ドイツの思想界の現状である。

ともかくバッハマンをぼくはあまり好きになれない。

そのバッハマンとツェランがどうして肉体関係をむすんだのかについては、ぼくはツェランはその際当初から結婚などというものは頭から考えていなかったのだと思う。

そもそも、当時もう二十七歳になっていた男性が女性とははじめから結婚を前提にしてつきあうだろうか？　敗戦時のどさくさまぎれにこれまでにもう何人かの女性とつきあって来ていたはずであり、その失敗をとおして恋愛には相対的になっているはずである。

ツェランは敗戦直前に旧ルーマニアの強制労働所を解放されてさまざまな紆余曲折を経てウィーンに流れついた。この間の辛酸や無頼の生活はこの年代（グラスもそのうちに入る）に共通で、女性経験はある程度積んでいたと考える方が正しい。最初は何の気なしにバッハマンとつきあい、それが数日も置かぬうちに肉体関係に入ったのだろう。

事の始まりはあくまでも、バッハマンのツェランへの一目惚れにあった。

この一目惚れの背後には、前述のように、オーストリア人バッハマンのユダヤ人へのひけめがあった。さらには——これがもっと決定的な要因だろうが——このユダヤ人ツェランが同時にあまりに詩人だったということがあった。

ツェランは、その不幸な過去からいって、どれほど自分の中にのめりこんでいても仕方のない暗い人間である。その暗さはユダヤ人的でバッハマンを惹き込んだが、それ以上に、周囲の誰にもまして感受性の強い人間という印象がバッハマンの心を打った。

バッハマンの初恋の記録として、両親に宛てた彼女の手紙が残っている。

「シュルレアリスムの詩人のパウル・ツェランが、わたしに惚れ込んでしまいました。わたしの部屋はこのところ、彼がわたしを埋ずめつくそうとするケシの花のお花畑といった様子です」

これは、やはりツェランにすっかり惹きこまれ、自分を失っている若い女性詩人の文章であろう。

ともかく、ツェランはこのバッハマンと知りあった四日後にはもう彼女と関係をむすんだ。

その後のなりゆきは、女が一途に相手に惚れ込んでいき、男は最初は一緒に舞い踊っていても、やがて自分が本当に彼女と性分が合っているのかと疑いだすといった世間にありがちな経緯である。

ツェランにはここウィーンを経てパリに出たいという、やむにやまれぬ衝動があった。そのためにバッハマンをウィーンに置いて、パリに旅立った。二年後、バッハマンはツェランを追ってパリに来て、二人は再度関係をむすんだ。一年後バッハマンがもう一度パリに出てきたときも、同様だった。


（二〇一一年九月）

2

最初の出会いから別れまでのツェランとバッハマンの言動を『書簡』にそって追ってみよう。

一九四九年六月二十四日付けのバッハマンの手紙――

「あなたのお葉書は思いもよらなかっただけにわたしの心にまっすぐにとびこんで来ました。ええ、そうです、わたしはあなたが好きです。去年は一度もそれを口にしませんでしたが。あのときのケシの花のかおりをわたしはいまでも吸っています、深く、とても深く。あなたはわたしを魔法にかけました、この上もなく素晴らしい魔法に。わたしは生涯それを忘れることができません」

「『光冠《コロナ》』はあなたの最上の詩だとよく考えます。まわりのものすべてが大理石になる、永遠にそうなる瞬間の完璧な先取りです。でも、「その時」はわたしの手もとにはまだ届いていません。わたしは自分がまだもらっていないものに飢《かつ》えています」

「光冠《コロナ》」はツェランの詩で、バッハマンをモデルにしている。

それを記すと――

光冠《コロナ》

ぼくの手のひらから秋はむさぼる、秋の木の葉を――ぼくらは恋人同士。
ぼくらは時を胡桃《くるみ》から剝きだし、それに教える、歩み去ることを――
時は殻の中へ舞い戻る。

鏡の中は日曜日。
夢の中でまどろむ眠り。
口は真実を語る。

ぼくの目は愛するひとの性器に下る――
ぼくらは見つめあう、

ぼくらは暗いことを言いあう、
ぼくらは愛しあう、罌粟《けし》と記憶のように、
ぼくらは眠る、貝の中の葡萄酒のように、
月の血の光を浴びた海のように。

ぼくらは抱きあったまま窓の中に立っている、みんなは通りからぼくらを見まもる――

知るべき時！
石がやおら咲きほころぶ時、
心がそぞろ高鳴る時。
時となるべき時。

その時。

エロスと暗さが入りまじった詩で、これはそのままツェランとバッハマンのベッドの中の気分だろう。
エロティックなのは「愛するひとの性器」だったり、外から他人に見られる窓の中の二人の裸体だったりするわけだが、前者は、暗い過去の記憶にまみれた中での言及であり、後者は通りに面した屋根裏部屋か何かでの妄想であるために、それだけが際立って浮き上がってくるものではない。

バッハマンの「光冠《コロナ》」讃の手紙は、彼女からツェランへの、できることなら結婚したいという願いの手紙である。ウィーンからパリにいるツェランに記したものであるが、その末尾は、読者にはおのろけとしか受けとれない。

「八月中旬、パリへ行きます。ほんの数日。なぜ、なんのために、とは尋ねないで下さい。でも、わたしと一晩か、二晩か、いや三晩かは一緒にいて下さいね。わたしをセーヌ河岸に連れていって下さい、川をいつまでも長いこと、わたしたちが小さなお魚になり、ふたたびおたがいが分かりあえるようになるまで、じっと眺めていることにしましょう」

前出の「光冠《コロナ》」のモデルが自分であることをバッハマンははっきりと自覚していた。一九五一年三月の手紙には――

「時にはお手紙を下さい。あまり漠然とした手紙ではなく、わたしたち二人の間に垂れているカーテンは再びもう燃え落ちたのだと、みんなが通りからこちらを見ているのだと書いて下さい」

とある。

バッハマンの書きぶりは、自分たちの結びつきを公認のものに、正式の結婚にしてくれと頼んでいる。しかし、ツェランの詩は、「みんなが通りからこちらを見ている」箇所にしろ、衆人環視の恐怖を帯びていて、決して明るいものではない。

ツェランがバッハマンと交わったのは出来心からだったと言える。しかしもちろん、常軌を逸した遊び人心からではない。彼には終戦後の戦地帰りの人間にも似た荒廃した性観念があった。しかし、だからと言って相手との結婚を全然考えないというのでもなく、早い話、バッハマンと知り合った二年後には彼女に結婚指環を贈っている。ところが奇妙なのは、その一年後にはもう、あの指環は先祖伝来のものだったからと言って返還を迫っている。恋心の薄れたのは理解できるとしても、あまりにも小心翼々とした態度は読者をがっかりさせる。

ツェランのバッハマンに対する態度は、とかく返事をはぐらかしがちで、愚図愚図としていて煮えきらない。これは――あとで夫人ジゼルとの関係の箇所でも述べるが――彼が日常生活よりも詩作をいつも優先して考えているせいである。

ツェランはともかくいつも逃げ腰だった。それに対してバッハマンは恋愛においていつも彼に迫っている。「わたしは嫌われた女ですけど」と言いながら迫っている。

一九五一年十一月十日付けの手紙――

「愛するパウル、あなたが今ではもうわたしを愛していないことを、もはやわたしを自分の妻とはしようとしないことを知っています――それでもわたしはあなたとの共同生活で生活の基盤をつくろうという希望をもって仕事にはげむ以外、何もできないのです」

ツェランの側からの結婚断わり状は次のようである。

一九五二年二月十六日――

「ぼくのためならどうかパリに来ないで下さい……ぼくらはおたがいを十分に理解しつくして、あとは友情しか残っていないのです。それ以外のものは救われようなく失われてしまったのです」

この断固たる文面の背後には、一九五一年十一月のツェランと彼の将来の妻ジゼルとの出会いがあった。

ツェランは友人の紹介でジゼルと知り合い、一九五二年十二月二十三日に正式に結婚した。このジゼルがツェランの最良の妻だったかと言えば、ぼくは「彼女はあまりにお嬢さんすぎて、ツェランの憂鬱症を支えきれなかった」と言おう。彼女はツェランを突き放せばいいところを、かえって彼に同情してその症状を深め、とどのつまりは彼を自分に対して数度の刃傷沙汰に及ぶほどまでに持っていってしまった。

ぼくはツェラン夫人ジゼルと生前、知り合っていた。ツェランの自殺後三年目だったが、印象的な一言は、「ユダヤ人で、あれほどまわりから反対されたのに」だった。結婚を後悔しているという意味で、それは本音であるだけに、彼女の過去のツェランが原因の苦悩の大きさが偲ばれた。貴族の家庭出の婦人であるはずなのに、気をまぎらすためかコニャックをいくらでも飲み、タバコを吸い、最後はのどの癌で死んだ。

ツェランとこの夫人との楽しかった日々のことを書くべきだろう。バッハマンのときと同様、交合《コイトス》のよろこびを書いた詩があるので、それを左に訳出する。

一九六五年十月十八日の詩――

痙攣《けいれん》、きみが好きだ、頌歌、
きみの峡谷の深奥の感じやすい壁という壁が
欣喜雀躍《きんきじゃくやく》する、壁に精液を塗られた女《ひと》よ、

きみは永遠の、永遠化されることない女だ、
永遠化される、非永遠の女だ。

ほうら！

きみのただなかに、きみのただなかに
ぼくは骨の棒の筋跡をつける、歌いながら。

赤く赤く、恥毛のはるか背後の洞窟の中で、
妙なる音色のハープが奏でられる。

洞窟の外の周縁では
いかなる追復曲《カノン》でもない、永遠の追復曲。

きみはぼくに九重にも編んだ、
滴したたる、
グランデル苺《いちご》の冠を投げかける。

（「痙攣」『糸の太陽たち』より）

ジゼル夫人が相手のときは、夫人がフランス人ということもあって、かつての敵国人バッハマン相手のときほどの暗い情念は入りまじっていないように思われる。
ともかくツェランは、性愛の表現においてもラディカルである。端的に言って、男女の交合は個人対個人の枠をこえて、いわゆる〝集団的〟な領域にまで突きすすむものであるが、ツェランもこの領域に遠慮会釈なく入っていく。

ジゼルとの結婚後も、ツェランはバッハマンといわゆる〝不倫〟をつづけていたというのが、このところドイツのジャーナリズムを騒がせているスキャンダルの眼目である。
バッハマンは一九七三年九月二十六日におそらく寝タバコが原因でベッドで炎につつまれ全身やけどを負い、同年十月十七日に死去した。ちょうどこの夏、ぼくはドイツにいて、その詳細をドイツの大衆紙で知ったりした。それに先き立つ九月の末にパリのツェラン夫人を初めて訪ね、その後も彼女の銅版画を見せてもらうために、たびたび自宅を訪問した。問題の十月のある日に行くと、ちょうど旅先から帰ったとのことで、「バッハマンのお葬式に行ってきました」とにこにこしながら言った。

これはぼくを最近、大いに不審がらせることになった。今回ツェランとバッハマンとの〝不倫〟が明るみに出た。とすれば、ツェラン夫人はツェランの生前その被害者だったはずだからである。

しかし、『バッハマン／ツェラン　往復書簡』をよく読むと、ツェラン夫人はとっくにツェランとバッハマンとの不倫を知っていたことが分かる。

この本の中には「バッハマンとジゼル・ツェランの往復書簡」という箇所が三〇頁分ほどある。二人の文通は一九五七年のクリスマスにジゼルがバッハマンにクリスマス・カードを送ることから始まっている。

問題なのはその後の一九五八年一月の手紙で、ジゼルはそこでこう書いている――

「パウルがあなたのもとに舞い戻ったときわたしが示した反応をわたしは恥じます。あなたの詩を読んで、過去六年間あなたがどれほど苦しまなければならなかったかを知りました。わたしは泣きました、インゲボルク、これら何篇ものあなたの詩を読んで。パウルがケルンから戻ったとき、わたしは彼がわたしから遠く遠く離れたことを感じて、苦しみました。でも、あなたはもっと苦しんでおられたのですね、もっとずっと。あなたの手を取って握ってあげたい気持ちです」

これは奇妙な手紙である。被害者が加害者に同情して、その結果二人の間に奇妙な親愛関係が生じている。

いずれにせよ、（おそらくツェランが不倫を夫人に告白した事実を含めて）、非はすべてツェランに、ツェランの甘えにあった。

それでもこの二人の女性の奇妙な関係が、ジゼル夫人がバッハマンの葬儀に参列したころまでつづいていたことは、疑いない。

ジゼル夫人はじっと耐えるタイプの女性だった。というより、お嬢さん育ちのために相手を突き放すすべを知らず、これがツェランのわがまま（自分の被害を口実にする甘え）を増長させることになった。

ここで、被害というのは、戦争中にツェランの母親、そして父親も、ナチに殺された事実である。この大きな被害が災いして、彼が生涯つきまとわれたもっと小さな被害（ツェランの詩にイヴァン・ゴルからの盗作があるというゴル夫人の中傷）がたえず彼の心を脅かすことになった。

二〇一〇年に入って、ツェランにはもう一人恋人があったことの証拠になる本がドイツで出版された。ブリギッタ・アイゼンライヒという現在八十二歳の女性の回想録である。『ツェランの白墨の星印』（未邦訳）という本で、この本の中に権威あるツェラン研究者の後押しや、この女性とツェランとの往復書簡が含まれていることから見ても、その信憑性はまぎれもない。

ブリギッタとツェランが関係を持ったのは、ツェランがある日彼女の宅を訪ねたのが始まりだった（ツェラン夫人は当時長男出産の床にあった）。それ以前彼女は、彼女の兄の紹介でツェランと知り合っていた。ナチへの罪悪の記憶を持つオーストリア女性との、バッハマンのときとそっくりの事情がここでも一役買っている。しかし、直接の原因はあくまでツェランの側の遊び心だったらしい。ブリギッタが描くツェラン像には、好色漢と言ってさえいいほどのツェランの様子が描かれている。

この関係は九年間つづいた。ここでも、ツェラン夫人がそれに気づくという事実があった。ツェラン夫人は彼女と知り合いにさえなった。しかしここでも、バッハマンのときと同様、夫人は表向きはブリギッタをいたわった。それでも内的な苦悶は大きく、この本には夫人がブリギッタについて悪夢を見る場面が夫人の日記から収録されている。夫人はそれを日記に認めるにとどまっている。

以上、ツェランについて女性をめぐるスキャンダルの本がドイツで出ていることを書いた。「百の説法屁一つ」と言うが、ぼくとしてはこれらスキャンダルによってもツェランの詩のすばらしさはゆらぐことがないと確信する。

彼は全身全霊で詩を書くことにかまける人間だった。それ以外はほとんど念頭になかったことは、以上二冊のスキャンダラスな本以上に、夫人ジゼルとの浩瀚な『往復書簡』が物語っている。このフランス語の本をぼくは過去数年間せっせと訳し、原稿用紙にして千枚以上が机の上に積んである。

（二〇一一年十月）

第五章　ツェラン資料室

パウル・ツェラン資料室

ハイデルベルクを流れるネッカー川をはるか溯《さかのぼ》ったところにマルバッハ市がある。ここの文学資料館は元来シラーを記念して建てられたものであるが、近年は二十世紀のドイツの作家たちの遺稿の蒐集《しゅうしゅう》センターとしておしもおされぬ場所になっている。最近では、カフカの小説『審判』の自筆原稿を競売業者の手から取り戻して話題になった。

ドイツの「ツァイト」紙によると、今春ここにパウル・ツェラン資料室が完備した。遺稿とともに貴重なものは書簡類であるが、文通相手だった肉親や友人や出版関係者との二年越しの話し合いも一応決着がついて、資料館の地下一階のかなりの空間に四十八箱の資料が保存されることになった。

ツェランの書簡類はまだ書物になっていないものもあるが、かなりの部分が活字になっている。ツェランは一九七〇年に自殺しているが、その三カ月前の友人宛の手紙には、自分の詩作の苦しみや家族である妻と子への感謝を打ち明けたものなどがあって感動的である。

これとは別に、妻ジゼルとの二冊の詩画集の復刻が、このほどズールカンプ社から約千部限定で出版された。彼の詩と夫人の銅版画の二十三点が収められてある。
五月はツェランの死後二十年目に当たり、日本でも思潮社の「現代詩手帖」による特集や新刊出版やブックフェアが行なわれる。

（一九九〇年五月）

未発表詩稿の発見

「フランクフルター・アルゲマイネ」紙はパウル・ツェランの詩を大きく掲げて、この詩人の未発表詩稿の発見を報じている。同紙によると、この二十四篇の詩の原稿は、一冊のノートとばらばらの書きつけ紙片を束にした中から見つかった。しかしこのうち十一編は、すでに断片詩集『日が暮れて』として出版されている。今回発見された束は「最終稿」と銘打たれているにもかかわらず生前には出版されなかった理由として、二人のフランス人研究者は、「連作としてまだ不十分だったためだろう」としている。この二人が編者になって、今秋、『「日が暮れて」とその周辺の詩』が発行される。未発表詩の中から最も美しい一篇を取ると――「現世と彼岸の間におまえを押しこめるな。／さまざまな意味たちの氾濫をものともせずすっくと立ち上がれ。／おまえの眼から涙の流れた筋跡を信じて、／そこに学べ、生きることを」

今年〔一九九一年〕はパウル・ツェラン生誕七〇年に当たる。これを記念してスペインで催された研究会では、ツェランの唯一の詩論集『子午線』について報告された。人と人とが本当に分かりあうことの困難さを述べたこの論文は、もともとは一九六〇年にドイツ最高のビューヒナー賞を受賞したときの講演である。ツェランはこの講演のために三百枚以上の下書きを作ったことが報告された。

ツェランの故郷は旧ルーマニア領、現ウクライナのブコヴィーナ州である。ここはドイツの植民地として一五〇〇年の歴史を持ち、二十世紀に入ってからもツェランのほかにも女流詩人アウスレンダーや政治評論家シュペルバーを生んだ。戦争中に強制収容所で死んだ十六歳の少女メーアバウム＝アイジンガーの詩は感動的であり、現在活躍中の作家パスティオールもこの地の出身である。この特異な旧ドイツの植民地について『ブコヴィーナ、沈める文学風土』という本もフランケ社から出た。ドイツ語を話す多数のユダヤ人を擁して、「もうひとつのプラハ」を形成していたこの地方の歴史が五百ページにわたって書きこまれている。

（一九九一年八月）

強制収容所の体験

一月二十七日のアウシュヴィッツ強制収容所の解放記念日が近づいてきた。

プリモ・レーヴィの『休戦』によると、この日の様子は次のようだった。「正午ごろ、ロシア軍の斥候隊が収容所近くまでやってきた。それを眼にしたのは、シャルルと私だった。私たちは同室の死者ツモギの死体を共同墓穴に運んでいた。……斥候は四人の騎兵隊員だった。軽機関銃をかまえた姿勢で鉄条網のそばまで来ると、十重二十重に積み重なった死体の山や私たちの方を妙にとまどった視線で眺め、立ちどまった」。

アウシュヴィッツ収容所の解放までを描いたものとしてヴィクトル・フランクルの『夜と霧』も有名だ。プリモ・レーヴィ同様、強制収容所の囚人だった著者がその心の動きを精神科医の立場で描き、感銘を与えた。それを映画化したのはフランスのアラン・レネ監督であり、ドイツ語版のためのその脚本を翻訳したのは詩人のパウル・ツェランだった。彼は両親を旧ルーマニアのトランスニストリア強制収容所で失っている。

この詩人には「思ってもみよ――マサダの湿原の兵士が……」（ビブロス刊『絲の太陽たち』所収）という詩がある。「マサダ」とは、イスラエルの首都エルサレムの東南部の地名である。ここにある岩山の台地に西暦七三年ローマ軍に包囲されたユダヤ人たちが立てこもり、ついに全員が自殺した。この遺跡の発掘が一九六〇年代に行なわれ、今日ではイスラエル独立の重要な史跡になっている。

そして「湿原の兵士」という言葉は、戦前から反ナチの闘士として知られたヴォルフガング・ラングホフの著書『湿原の兵士』の題名として知られた言葉なのである。一九三三年という非常に早い時期にナチの強制収容所がもう存在したことは我々を驚かせる。ナチが政権を掌握したこの年、ラングホフは捕らえられ、ベルガー湿原（モール）強制収容所に一年と一カ月収容されていた。しかし、逮捕につづく虐待・拷問や処刑は後年の強制収容所をそのまま先取りしていたことが知られている。戦後まもなく死んだ劇作家のボルヒェルトは死の床でラングホフのこの本を読んで、強制収容所を描いた随一の文学書として挙げている。

パウル・ツェランの〝マサダの湿原の兵士〟の詩は一九六七年のアラブとイスラエル間の、いわゆる「百日戦争」に触発されて書かれた。当時イスラエル人はアラブ諸国に完全に包囲されたと感じ、心のよりどころを過去の「マサダ」に立てこもったユダヤ人たちに求めたのだった。

著者ラングホフという最初の強制収容所からの脱出者をしのびながら、詩人ツェランは故国イスラエルの無事を祈ったのだろうか。戦後なお、こうした強制収容所の経験を心に刻んだ幾冊もの書物は、文学の営為の深さを我々に伝えてくれる。

（一九九八年一月）

ツェランの精神病について

ツェランの精神病については、二〇一一年に刊行されたジャン・ファーゲス（Jean Firges）の『黒い太陽、憂鬱――パウル・ツェランの生涯と詩における創造的・破壊的力としてのメランコリー（Schwarze Sonne Schwermut――Die Melancholie als kreative und destruktive Kraft in Leben und Dichtung Paul Celans）』が簡にして要を得ている。この本をもとにして、この本が依拠している『ツェラン／ジゼル往復書簡集』（未邦訳）を参考にしながら、ツェランの精神病の病歴を追うことにする。

その前提として、ツェランの自殺について書くことが妥当と考える。

ツェランの自殺（一九七〇年）についてのツェラン自身の遺書のようなものは残っていない。しかし、その予告めいたものは残っていて、死の七年前の第四詩集『誰でもないものの薔薇』の中の次の詩句がそれである。

受けた数かずの傷に
舞い立つ力を得て
そこから
生の中へと
彼が身を躍らせた
ミラボー橋の
敷石について。

（「タルッサからの本に添えて」より）

〈彼〉とは、ツェラン自身である。〈生の中へ〉とは、普通なら〈死の中へ〉と書くところである。

ツェランは後半生ずっと〈自殺〉を考えていたとおぼしい。両親の死の一九四二年以来で、この年に両親はナチに殺害されている。ひとりっ子でお母さん子でもあったツェランの悲しみは人一倍で、それ以後彼の心の中に鬱が住みついたと考えて不思議はない。それに加えて、この両親の死にツェランの不注意がまつわっていたらしいということがある。ナチによる〝ユダヤ人狩り〟があった夜、ツェランは知人宅に避難していた。嫌がるのを無理にでもといえば、そこに両親を避難させることもできたのだが、ツェランの勧めかたの不徹底が原因で両親は強制収容所に連れ去られ移送された（ツェランがこの〝過失〟に悩みに悩んでいたという説は、後日ツェラン未亡人や二、三の知り合いによって否定されている）。

つまりそうでなくても両親が罪もなく殺されたことが、ツェランの鬱の最大の原因だった、とぼくは考える。

しかし、ツェランの子息エリック氏（一九五五―）はかつてぼく宛ての私信で、ツェランの鬱の原因は、イヴァン・ゴルの未亡人クレール（一八九〇―一九七七）がひきおこした〝クレール事件〟だった、と主張したことがあった。

〝クレール事件〟というのは、ツェランがイヴァン・ゴルの詩を盗作したという非難をゴル夫人から受けた事件である。

一九四九年、ツェランはユダヤ人の大詩人ゴルを見舞いにパリに訪れた。寄辺ないパリに知己を得るためだったが、ゴルは白血病に冒されていて、余命あと四カ月の身の上だった。詩篇「死のフーガ」を読んだゴルはツェランの詩才を認めた。自著のフランス語の詩集を贈り、その独訳を依頼した。この詩集を預ったことが、ツェランにとってそれ以後の禍いのもとになった。一九五二年に「死のフーガ」を含む第一詩集『罌粟《けし》と記憶』が出版されるやいなや、クレールはこの詩集は亡夫ゴルの盗作であるという非難をドイツの雑誌に書き、新聞がこれを大きく取り上げた。ツェランはそれに激しく応酬して、この両者の言い争いは結局ツェランの死の年の一九七〇年までつづいた。

クレールはその後も非難に非難を重ねた。ツェランはその都度ひどく傷ついて、精神の異常は拡大し、それが一九七〇年の自殺につながったというのが、子息エリック氏の意見である。しかしぼくは、このように小さな事件にも傷つく要素がツェランにはあったのだ、その要素とはやはり戦争中両親を、とりわけ母親を、無実の罪で失った大きな傷で、それをこの小さな傷が刺激しつづけたのだと思う。

ツェランの自殺の原因に考えられるもう一つの大きな問題は家庭の事情である。ツェランの憂鬱病は暴力事件までも引き起こし、夫人との別居（離婚ではない）を余儀なくさせた。

ファーゲスも依拠している『ツェラン／ジゼル往復書簡集』に付されている「年譜」によってツェランの病歴を辿ってみよう。最初は次のようである。

〈一九六二年十一月から十二月〉ゴル事件をめぐって深刻な精神的落ちこみ。

〈一九六二年十二月十九日から三十日〉ヴァルワールへ家族連れのスキー旅行。滞在中に最初の急性の妄想発作。何の関係もない一通行人に喰ってかかり、あなたはゴル事件に関係あるだろう、と言う。ツェランのこの突発的な精神異常のため、一家は予定より早く帰途に就く。帰りの列車の中でツェランはジゼル夫人の首から黄色いマフラーを引き抜き、これは黄色いユダヤ六角星（戦争中ユダヤ人識別のために使われた）を想わせるからけしからん、とわめく。

〈一九六二年十二月末〉セーヌ川沿いのエピネ・シュール・オルジュにある精神病院に治療のため入院、十七日間の最初の入院治療となる（ツェランはその後、生涯で六つの精神病院を転々とした)。

〈一九六五年一月十六日〉夫人との間に息詰まるような緊張状態がつづいたあと、ツェランは夫人にしばらく家を出て休養旅行をして来るように言う。夫人はパリを離れて、ローマやプロヴァンスに滞在旅行した。約三週間家をあけていた。

＊

前述のように、一九六三年に出版された第四詩集『誰でもないものの薔薇』には、ツェラン自身による自殺の予告が載せられている。同時にこの詩集にはツェランと同様に精神疾患に陥った詩人ヘルダーリンを描いた詩も載せられていて、その結尾には次のような詩行も見られる。

ユダヤの族長たちがたくわえる
光の髯《ひげ》を生やした
その人が今日、
その人が今日この世に来るならば
彼はこの世について語ろうとして
ただ、
ただただ、

こう口ごもるだけだろう、
くりかえし、くりかえし、
（パラクシュ、パラクシュ）と。

（「チュービンゲン、一月」より）

〈パラクシュ、パラクシュ〉というのは、狂人になったヘルダーリンが口ごもったという意味不明の言葉である。ツェランはこの言葉を現代の世の中に起こる不条理な出来事の形容に転用している。自分が受けた不可解な不当行為への抗議、それがこの言葉を使ったツェランの真意だろう。いずれにせよ、この狂人の言葉の使用は、しだいに深い狂気に陥らざるを得なかったツェランのその後の運命を暗示している。

〈一九六五年九月中旬から十一月下旬〉精神状態がさらに悪化し、ジゼルは少なくとも息子への悪影響を防止するために一時期別居することを提案した。ツェランは拒否した。

〈一九六五年九月〉ツェランは七日間フランス国内をやみくもに旅行した。

〈一九六五年十一月二十一日から二十三日〉ツェランは急に思い立ってスイス旅行に出発。

〈一九六五年十一月二十四日〉スイス旅行からパリの自宅へ帰着。妄想に取り憑かれて、ジゼルとエリックをナイフで殺そうとした。両者は隣人宅に退避、一夜を過ごした。

〈殺そうとした〉という表現はおそらくエリックから出たものだろう。狂気の父親と混乱する母親の間に挟まれて十歳の彼はおびえ立ち、一方的に母親に味方したものと見える。エリックのこの心情はその後もずっとつづいていて、ぼくには自然なものに思われる。ツェラン夫人についてだが、ぼくは結論として、ツェランと彼女とがそこまで悪い状態に嵌《はま》りこんだのは、夫人がツェランにあまりに優しくしすぎたのではないか、彼の過去に同情して現状を気にかけ自分までもがのめりこみすぎたのではないかと思う。夫人はツェランの苛立ちや落ちこみを無視すればよかったのである。夫人はどうやら生まれ育ちがよすぎて他人へのいたわりの念が強く、いわゆるお嬢さん的で、ツェランを甘やかしすぎ、結局は彼を不幸に陥れたようである。

ツェランにとっては不快事の〝忘却〟が何よりの救済策だったはずである。しかし、詩作は彼にとって過去をたえずくり返すことだった。そこでは古傷がたえず掘り返され、度重なる病院での治療も彼には何の救済ももたらさなかった。

ツェランの入退院は執拗にくり返された。夫人や息子を刺そうとした〈殺そうとした、はオーバーだろう〉ことが、さらに深い傷となって心に刺さっていたことだろう。

〈一九六七年一月三十日〉心臓をナイフで刺して自殺しようとしたが、すんでの所で急所を外れて未遂に終わった。ジゼルが発見して病院へ運びこんだ。重傷を負った左肺の手術を受けて、一命をとりとめた。

〈一九六七年四月〉夫婦間で別居の約束の確認。ジゼルは私立の小学校に代用教員として勤めることになった。

〈一九六七年十一月二十日〉ツェランはパリのトルヌフォール街二十四番地の家具つき一部屋の住居に移った。

第六詩集『糸の太陽たち』(一九六八年)には、とりわけ、一九六五年から六七年にかけての自分の精神状態を扱った詩が多いように思われる。そこから幾つか、それに当たる詩を取り上げてみよう。

刻々

刻々、誰の手まねき?
明るさはすみずみまで眠っていない。
おまえはのがれ出ることなく、

いたるところで、
心をあつめよ、
立っていよ。

これは一九六五年の作。もともとはビューヒナーの狂人を扱った小説『レンツ』を想い浮かべて書いたものだが、狂人の意識の異常な冴えわたりは当時のツェラン自身にも当てはまると考えられる。

愛が

狂人の拘束ジャケットのように美しい愛が、
ひとつがいの鶴に接近する。

この息絶えたつがいの鶴は誰を、
その者が空無の中を行くとき、
別世界に連れていくだろう?

一九六七年の作。〈狂人の拘束ジャケット〉は、ツェラン自身も、夫人を刺そうとした事件のあと病院に搬入されたとき、着用させられたものである。

さあ、ぼくらは

さあ、ぼくらは
脳内の
呼吸中枢から
神経細胞を
——多極性のアオウキ草を——
掬いとろう。

まだ手に入る中枢から
なかば識別できる神経細胞が
十本の繊維につらなって引き出される。

一九六七年の作。病院の心理療法科で治療を受けていたツェランは、生理学的な面にも詳しくなっていたと思われる。それ以上にこの詩は、前述の自殺予告の詩同様、自身の投身自殺後の検屍も想い浮かべていることで注目される（さらにもう一つ、詩集『糸の太陽たち』中の「近くの」という題の詩には、〈近くの／排水口から／まだ醒めやらぬ両手で／掬いとられる灰緑色のひとかたまり〉という語句も見られる）。

天国に安らうようにくるまれて

ペスト患者用の敷布に
天国に安らうようにくるまれて。
夜闇を脱《ぬ》け出た
場所で。

おびただしい夢に
襲われている段階での
瞼《まぶた》の反射数
0《ゼロ》。

一九六六年の作。これも治療養中の生理学あるいは医学的知識の上に立っている。中身はモーツァルトの臨終を書いたものと考えられるが、同時にやはり自身の死を想い浮かべているだろう。

ぼくが分からないでいると

あなたがいないために、あなたがいないために、〈あなた〉なしのために、
ぼくが分からないでいると、分からないでいると

……（略）……

一九六六年の作。詩の冒頭だけを掲げたが、むしろこれだけの方が白痴に近いツェランの苦悩が分かる。彼には母親が死んだことがどうしても分からないのだ、と解してもいいだろう。それほど母親の死は理不尽だった。

盲目になった者

灰のかなたの、聖なる無意味な言葉の中で
魂が盲目になった者が、
韻を失った者が、
脳のマントを肩に軽くまとってやって来る。

耳道には
網状につながる母音をこだまさせながら、
この者は視紅を分解する、
合成する。

一九六七年の作。詩人である自分を失格したイエス・キリストになぞらえている。あるいは
廃人、狂人だと。

苦渋にみちた熱燗のワインを飲みながら

苦渋にみちた熱燗のワインを飲みながら、
まだその時でもないのに
自分の名をすでに死者のリストに加えながら
ぼくはグラスの世界の
閲兵式をとりおこなった。

……（中略）……

ぼくは自分の下腹部におへそを一つ、
――氷に囲まれた皺しわの水面に映る
脂ぎった星たちといちゃつきあった末に
赤くただれたコルク栓を一つ――
つけ足した。

一九六七年の作。酒中の詩。ツェランのこの種の詩にはランボーの『地獄の季節』を摸したものが多い。つまりどれにも悪ふざけが入る。

〈一九六八年十一月十五日〉息子に危害を加えようとしたと言って、トルヌフォール街の住まいの隣人に喰ってかかる。警察の心療救護所に入れられる。ここからエピネ・シュール・オルジュのヴォクレューズ心療病院に送られる。

〈一九六九年二月三日〉心療病院を、規則的に社会衛生救護所に出頭する条件つきで退院する。

〈一九六九年十一月〉ジゼルが購入したエミール・ゾラ大通り六番地の、家具なしの住居に引っ越す。

ツェランが死んだのは一九七〇年だが、死後の一九七二年に出版された第七詩集『迫る光』にも精神の変調や精神病院滞在を扱った詩がいくつもある。この詩集の冒頭の詩は次のようである。

聞こえる残響、見える残像

聞こえる残響、見える残像、

千一夜目の寝間のなかに、
日夜つづけられる
熊踊りポルカ。

かれらはおまえを調教しなおす、

おまえはふたたび
かれになる。

一九六七年の作。「かれ」というのは自分にとっても馴染みのない人間。ツェランは精神病院に入院させられることに必ずしも同意していなかった。「精神病院に入れられるとぼくは別人になってしまう」と言っていた。

ツェランの精神病で奇妙なのは、どれほど偏執狂《パラノイア》が昂じようと、詩作の能力は低下しないことだった。それはむしろ向上した。『ツェラン／ジゼル往復書簡集』を見ても、旅行に出てそこから妻に手紙を書くことがあっても、その内容は自分の詩作のことばかりで満たされている。この自己中心主義は仕事にかまける人間にありがちな習癖で、これがむしろ療養中のツェランを守り、詩作能力を向上させたように思われる。

〈一九六九年九月三十日〉旧友の招きではじめてイスラエルに旅行した。十七日間滞在して、自分のユダヤ性を強く確認した。しかし、心身は疲労の極に達していた。

〈一九七〇年四月末〉セーヌ川のミラボー橋から投身自殺した（詳細は第三章「フランツ・ヴルムとの往復書簡」と第四章「ツェランの友人ジャン・デーヴの回想録」を参照のこと）。

第六章　大災害のあとで

詩人たちの「沈黙」

昨年〔一九九四年〕の暮れ近く、大阪に行った。道頓堀で中学の同窓会があったためである。ずっと欠席つづきで、正確には四十七年ぶりであることを、再会した親友の言で知った。

今年一月の阪神大震災はテレビで知った。東京では最初、〝小規模の地震〟の印象しかなかった。被災地が隔絶して、情報が入って来なかったせいである。

親友に問い合わせると、すぐに電話で返事が来て、「無事だ、家も大丈夫だ、でも兄貴の家はやられた」とのことだった。その瞬間のことを聞くと、「ああ……」とまるで記憶におぼろか、いまは念頭にないかのような声を出した。「……懐中電灯、懐中電灯！　だったよ」と付け足した。

行方が分からない恩師の消息を知るため、数人の友人に電話した。伊丹在住の友人は「自分が何ともなかったから、せめて何かの役に立ちたいと思って、他の連中の安否をひとりひとり調べているんだよ」と言った。同窓会の会長をやっている友人は「見舞いでなくてもいいから、見るだけでも見に来てくれや」と言った。同窓生の一人の奥さんが亡くなったことを知った。恩師は親戚の家に身を寄せていた。

ぼくはいま雑誌「みすず」にパウル・ツェランとネリー・ザックス（一八九一―一九七〇）の『往復書簡』を訳している。両者ともに愛する者を第二次世界大戦で失ったユダヤ詩人である。この書簡集の内容に触れて、産経新聞の記者が「地震のときの、言葉をなくすような体験とつながりがあるように思いますが」と言ってきた。

この質問ですぐに思い当たるのは、ツェランに『山中の対話』という短文があって、そこで自然の大きな災害のことが語られていることである。山中で向こうとこちらからやって来た二人のユダヤ人が出会って、どうやらそれぞれが過去に経験してきたらしい苦難について語る。そのうちの片方の言は――「知ってるかい、この山の上の方で大地が褶曲《しゅうきょく》した。一度、二度、三度と褶曲して、中央でまっ二つに割れた。ぼくはたずねるが、大地はいったい誰のためにつくられているんだい？」である。

もしこのユダヤ人がツェラン自身のことだとする（そうだと言われている）と、彼は自然の災忌に託して戦争中の自分の悲痛な体験を――両親が強制収容所に連れて行かれ、とりわけ愛着していた母親が、項撃《うなじ》ちという残虐な方法でナチスの兵隊に殺された体験を――語ったことになる。母親をうたったものとしてはとりわけ悲しみを湛えた「ウクライナは緑、でもぼくの母は帰って来ない」という一行が彼の詩にはある。

ツェランは母親が殺されたことを一つの衝撃的な出来事として受け取って、心の持っていき所のなさを自然の災厄のようにうたう。平穏無事な日常的な生活、そこへ自然の暴威が突如として「チェロの開始」のように割って入る。「ひとつのどよめき――いま真実そのものが、人間どもの中に歩み入った、暗喩《メタファー》たちの吹雪のさなかに」のような詩は軽佻浮薄な人間界に、自然の法則にのっとった回避不可能の事態が生じる様子を伝えているだろう。

一度起こった悲惨事を詩でいくら表現しても、取り返しがつかない。詩はこの出来事のまわりを空まわりするだけである。この空白部は〝沈黙〟といってもいい。別の詩になるが、ツェランは例えばブランクーシの白い彫刻を見て、そこには沈黙がぎっしりつまっているという、まわりの白は苦痛のあらわれだという。

ツェランとザックスの『往復書簡』の翻訳中に、ツェランよりもむしろザックスの方にこのような「沈黙」を直截に表現した詩があるのを発見した。「大きな恐怖が来たとき、わたしたちは言葉を失ってしまいました」というのである。ネリー・ザックスは強制収容所で自分の許婚者《いいなずけ》を失った。彼女のこの亡き許婚者やユダヤの同胞を悼む詩は悲しみに満たされているがツェランほどの激しさはない。〝災厄〟を語るとき、彼女はツェランほど直接にはそれを言葉に出して語れないことを思い知らねばならないのである。

ちなみにザックスはツェランより三十歳ほど年長の女流詩人。同じような運命のツェランが終生自分の両親を殺したナチスへの恨みを抱きつづけたのに対して、寛容を説き、寛容によってでなければ地上の争いは解決がつかないと詩にも書いた。

二人の間の往復書簡は十五年間にわたるが、ツェランがナチスへの憎悪を忘れられず、それにこだわることによって最悪の精神状態に陥っていくのに対して、ザックスは逆にすべてを許そうとして同様の状態に陥っていく。つまりザックスは、相手を許すことによって自分の中に葛藤をかかえこみ、ツェラン以上にひどい精神錯乱に陥ったのだった。ザックスを無邪気なお婆さんと見なしていたツェランは、彼女が精神病院で手がつけられない状態に陥ったことを知って驚く。パリからストックホルムへとんでいくが、面会謝絶にあって引き返す。

ツェランもザックスも戦争中のナチスの迫害によって最愛の者を失ったユダヤ人だった。それを忘れられないことが二人を精神の病いへ駆りやり、詩も二人を医《い》やすことがなかった。苛酷すぎる現実に詩が及ばなかった例がここにもある。

（一九九五年九月）

東日本大震災とツェランの詩

東日本大震災ということでぼくの胸をよぎるのは、この震災に遭遇された方々のその瞬間の驚愕や恐怖の気持ちである。震災から約一年後に刊行した『パウル・ツェラン詩文集』（白水社）には、ぼくはとりわけツェラン晩年の詩「落石」を選んでそこに収めた。

不思議なことに本稿の一つ前の「詩人たちの「沈黙」」のときにも同じようなことがあった。大阪の産経新聞の河村直哉氏から、阪神・淡路大震災に際してそれとツェランの関係について書くように言われ、散文詩「山中の対話」に含まれる高山の地殻変動についての箇所を引用した（ちなみに河村氏は被災地の兵庫県加茂に住みながら一晩中地震による大揺れを知らずに過ごしたという逸話の持ち主である）。

ぼくもそのあたりに住んでいたことがあるので旧友や旧師と連絡を取った。親友の今田寛氏は、「三六〇度逃げ場なしだったよ」と教えてくれた。新聞には書き損なったので、この至言を今ここに記しておきたい。

ツェランの他の詩にも、人間に災いをもたらす自然現象の突然の出現について書いたものがある。

わたしたちを

わたしたちを
薙ぎ倒したものが、
恐怖に竦《すく》み上がって四散する。
はるか太陽の距離にある世界の石が
鳴り響《とよ》む

（『迫る光』より）

〈わたしたちを一斉に打ち倒したもの〉とはおそらくナチの軍隊である。〈世界の石〉は、最後の審判の日の太陽である。
あるいは次のような詩もある――

はい出た

卵からはい出た雛のように出現した
キチン質の
太陽たち。

甲殻両棲類が
祈禱用のマントをはおる、
砂にへばりついていた鷗《かもめ》が
この太陽の出現をよろこぶ、
日蔭に身をひそめていた
黒穂病の草が
忸怩《じくじ》となる

(『糸の太陽たち』より)

日蝕のようなこの自然の変事は、地上のいじけた者への鉄槌だろう。ツェランは詩作時そのような状態にあったのかもしれず、これはそのような自分への叱咤だろう。

時がきた

時がきた——
脳の鎌が、刃をきらめかせながら、
空をわたりあるく、
胆汁質の天体たちをぞろりひきつれて、
反磁気が、支配するものが、
なりわたる。

（『糸の太陽たち』より）

〈脳の鎌〉というのは実際に存在する脳内の箇所らしい（同時に〈鎌〉は三日月を意味する）。この詩はツェランの脳内の変調を告げるものだろう。三日月や天体たち、そして反磁気も不吉なものたちである。この詩は同時に、ツェランにとっての第二次世界大戦のような災厄の再来を予言する詩だろう。

力、暴力

力、暴力。

その背後の竹やぶのなかで——
吠える癩《レプラ》、交響楽のように。
贈物にされたヴィセント・ヴァン・ゴッホの
耳が、
到着する。

（『糸の太陽たち』より）

自分を裏切った友ゴーギャンに耳を切って送ったゴッホの逸話を題材にしている。その憤怒は同時にツェラン自身の過去の運命への憤怒でもあったろう。

ひとつのどよめき

ひとつのどよめき——いま

真実そのものが、
人間どものなかに
歩みいった、
暗喩《メタファー》たちのふぶきの
さなかに。

（『息のめぐらし』より）

この詩こそ、文弱の徒たちにとっては、今回の大震災のような災害時での教訓である。そこでは〈暗喩たち〉、つまり言葉によって築かれる空中楼閣のような詩の世界は吹きとんでしまう。

痛みのむこうからの——

突然のチェロの導入部。
痛みのむこうからの——
……（略）……

（『息のめぐらし』より）

第一行はやはり暴力的である。これはまちがいなくベートーヴェンの「チェロ・ソナタ第二番」を描いたものである。しかも〈痛みのむこうからの――〉という第二行はまずベートーヴェンの苦悩を想い起こさせ、ついでツェランのそれも想い起こさせる。つまり両者には共通するものがあり、それがツェランにこの詩行を書かせたのだった。

一九七三年、ぼくはツェラン未亡人の部屋にいた。未亡人はレコードをかけて席を立ち、あとにはコニャックを前にしたぼくが取り残された。突然鳴りだしたこの曲の冒頭部の轟音につられてぼくは一緒に歌い出した。予感していたとおりツェランがこの曲に詩をつけたらしいことが嬉しかった。夫人は喜んでいた。夫の死後三年、それ以前の積もる苦悩からやっと解放されたらしい夫人の様子にぼくも嬉しかった。

この年のヨーロッパ旅行の最初、ぼくはフランクフルトのズールカンプ社にツェランの住所を尋ねるべく出かけて行った。「夫人はいったいいまだ独身なのか」と尋ねて笑われたが、貰った住所だけを便りにパリで夫人を直接訪ねた。留守なので門の戸の前で待っていると、夫人が現われ、名のると（拙訳『迫る光』はすでに届いていた）「いま歯医者から帰って来たところです」とのことだった。

上にあげられて話すうちに、ツェランの弟分格の画家オルトナー氏が現われた（ここから後のことはすでに書いた。しかし「ツェランの苦悩《ドルール》は大きかったのですね」と言うと、夫人が歔欷《きょき》しはじめたことはもう一度書いておきたい。そしていま思うとこの苦悩は、ツェラン生前の夫人の苦悩にも共通していたことになる)。

戦争中の母親の死(実際はうなじ撃ちによるものだったとされる)、それを聞いて受けたツェランの衝撃は、晩年の彼の詩に最もよく書かれているように思われる。というのも、ツェランは晩年自分の死に際を思い描いていて、それが次第に戦中の母親の死のそれに近づいて行ったからである。

ツェランは両親や殺害されたユダヤ人たち自身ではない。彼らの身近にはいた者ではあるが、生き残った者である。この意味で彼はこれらの人びとを悼むしかなかった。彼らと、とりわけ母親と合体したいと思えば、自分が自殺することによってその距離をちぢめるしかなかった。それを運命的に詩にすることは死を思い定めた晩年になってはじめてだった。

そして中期の詩はといえば、そこには母親の死後のとりわけ茫然自失があらわれている。

明るい石たち

明るい石たちが
宙をよぎる、明るい
白い石たち、光を
運ぶものたち。

それらは降りようとしない、
当たろうとしない、それらは
昇る。
ささやかな垣の薔薇さながら
それらは花ひらく、
それらはただよう、
あなたの方へ　あなた、ぼくのひそやかなひと、
あなた、ぼくの真実のひとの方へ――

ぼくはあなたを見る、あなたは、ぼくの
あたらしい、ぼくの
誰もの手で、石たちを摘む。
あなたはそれらを投げいれる、誰も泣かずにすむ、誰も
名づけずにすむ
ひときわ明るい圏内へ。

（『誰でもないものの薔薇』より）

次の詩は、母親の死後の放心状態を描いているだろう――

ぼくらにさしだされた

ぼくらにさしだされた
これほどおびただしい星。ぼくは
あなたを見つめていたあのころ——いつ？——
外の、ほかの
世界にいた。

……（中略）……

そしてときおり空無が
ぼくらのあいだに立ったときのみ、ぼくらは見いだした、
よりそうかたみを。

（『誰でもないものの薔薇』より）

このような放心状態のときにのみ死んだ母親が姿を現わすのだったら、自分がいつも放心状

態でいることをツェランは望んだのかもしれない。
　左の詩もこれと同様である。

　　あらゆる想いとともに

あらゆる想いとともに
ぼくは世界から出て行った——そこにあなたがいた、
あなた、ぼくの物静かなひと、あなた、ぼくのひらかれたひと、そして——
あなたはぼくを受け容れた。

ぼくらの眼がかすむとき、
万物は死滅すると言ったのは
誰か？
そうではなかった、万物が目覚めた、万物が始まった。　（『誰でもないものの薔薇』より）

　ツェランはこのころ家族と休暇旅行に出ることがよくあった。ブルターニュ海岸に行ったときの詩の冒頭は次のようである——

引き潮

引き潮。ぼくらはフジツボを
見た、ツタノハ貝を
見た、ぼくらの両手の爪を
見た。
誰もぼくらの心の壁から言葉を切り離さなかった。

（『ことばの格子』より）

海岸でまのあたりにしたものをいちいち列挙するが、それは戦争中の災厄があった後の虚脱感の中でのことである。

あるいはやはり旅行中の嘱目の詩は次のようである――

夏の報告

もはや踏まれることなく迂回される
立麝香草《たちじゃこうそう》の絨毯。
ヒースの原をよぎる
空白な一行。
風害のあとの荒れ放題の状態。

ばらばらになった言葉たちとの再会——
落石、硬い草の葉、時、というような
言葉たちとの。

（『ことばの格子』より）

〈落石、硬い草の葉、時〉といったような事物の列挙は、安東次男の詩「球根たち」の中の〈みみず　けら　なめくじ〉を想い起こさせる。戦中実戦から帰還した安東氏は、戦後の所在なさの中でこのような事物の列挙によって自己を取り戻したのだった（ちなみに安東氏は一九一九年生まれ、ツェランは一九二〇年生まれである）。

ツェランの初期の詩――それこそが母親以下のユダヤ人の死を赤裸々に書いているはずだと思われるが、ちがう。実際的なこととしては、母親の死は一九四二年、ツェランの第一詩集の出版は一九四八年である。この六年間の空白の間の生なましい記憶は書かれることなく放置されている。しかしそれに対する憤りや怨みは鎮められることなく存在していて、それは第一詩集の中で神や死神（！）に向けられている。

アクラ地方でぼくは黒馬のたてがみを引きめぐらせて、剣ふりかざし死神めがけて突きかかった。

（「砂漠でのうた」『罌粟《けし》と記憶』より）

この第一詩集の最後の詩は次のように始まる――

数えろ、アーモンドの実を
数えろ、アーモンドの実を、
数えろ、苦かったもの、あなたをはっきりと目醒めさせていたものを、
数え入れろ、ぼくを、そこの中へ――

（『罌粟と記憶』より）

これも（安東氏の詩同様）所在なさからで、こうして母をしのぶしか、苦しんで死んだ彼女への思いの寄せようがないからである。

この第一詩集『罌粟と記憶』の延長上に第二詩集『敷居から敷居へ』がある、——激情を鎮められてという以上に、そのあとのしみじみとした感情になっている。

ぼくは聞いた

……（中略）……

ぼくは床からあなたの眼の形と気品をそなえた
パンの一かけらを拾っただけだ。
あなたの首から祈禱用の首飾りを外して、
パンのかけらをのせたテーブルの
縁を飾った。

（『敷居から敷居へ』より）

第一詩集『罌粟と記憶』には、母親を殺されたことへの恨みつらみが、神や死神への攻撃になってあらわれていると書いたが、不思議なことに本当の敵であるはずのナチがあらわに姿を現わすのは、未定稿に終わった詩篇集の次の詩行においてである。

狼豆《ヴォルフスボーネ》という言葉をよく口にしていたあなた。
狼砦《ヴォルフスシャンツェ》を築いたやつら。——そのどちらが生きながらえているでしょうか？
息の跡をたどっていく旅の途中に
あなたは生きています、息をたずねていく
旅、詩の
中に。

（『遺稿からの詩篇』より）

狼豆というのはマメ科の食用植物。狼砦は、ポーランドにおけるヒトラーの総統本部である。後者には〈狼〉という言葉を軍事用に多用したナチの記憶があるが、ナチへのきわまりない呪《じゅ》詛《そ》だけでは詩にならぬことをツェランは知りすぎるほど知っていた。

あとがき

ツェランへの関心はツェランがまだ生きていた一九六四年ごろに遡る。川村二郎氏が「月刊ドイツ語」に掲載したツェランの訳詩「白く軽やかに」が端緒である。戦後ドイツのめぼしい詩人を物色していたぼくは一も二もなくこのポスト・シュルレアリスム（と言われている）詩人に没頭した。ツェランがまだ存命中で、『誰でもないものの薔薇』が出たころである。それを持っていて川村氏に見せると「おいおい、それを借せ」といった具合に持って行かれて、やがてこれは戦後の世界詩アンソロジーとしては出色の『現代詩集』（集英社版世界文学全集35）の中に花開いた。川村氏はこの『現代詩集』の新装版に今度は拙訳で入れてくれて、自分を犠牲にしてのこの計らいに氏の没後五年の今も、ほとんど涙ながらに感謝するほかない。

ツェランは一九七〇年に没した。ぼくがはじめてヨーロッパへ行ったのは一九七三年である。ツェラン夫人を訪ね、いま思っても信じられないほどねんごろにもてなされた。これがツェランの生前だったら、ツェランの精神障害でとてもこうはいかなかったろう。

このヨーロッパ滞在中には、ベルリンのヘレラーやグラスやエンツェンスベルガーも訪ねた。すべていい人たちばかりだった。

右に挙げた詩人たちだけでも戦後の枢要なドイツ詩人たちということになる。パリのツェランも、ベルリンの三人も、それぞれ第二次世界大戦を体験した詩人である。被害者側、加害者側の別はあるにしろ、戦争という忌まわしい記憶を戦後もひきずって生きた詩人といえる。

ツェランは今や世界有数の詩人ということになっている。まだそれほど声名が高くない訪問時、「今にリルケぐらいにはなりますよ」と言うとニコニコしたツェラン夫人の顔が忘れられない。それほどツェランを共時体験できた自分を幸福に思う。

*

本書は一九六六年から二〇一三年までに発表した全論考である。そのうち、約三分の一が小沢書店版『パウル・ツェラン』(一九七七年)に収録されている。本書刊行にあたり、収録論考のすべてにわたって加筆修正を加えた。

本書の成立には、白水社編集部の杉本貴美代さんのお世話になった。本書の最後のエッセー「東日本大震災とツェランの詩」の題名は杉本さんから与えられたものである。

杉本さんは本書の前に出版された拙訳集『パウル・ツェラン詩文集』の企画・編集者である。東日本大震災のあった二〇一一年の秋、この本の出版企画についてのお手紙をもらい、その後本の制作に入ってから、こちらが質問したことに対して長文のご返事をもらった。いずれも自身のツェランへの関心を記したものであるが、それらを精読し返事する義務をまだ果たしていない。杉本さんのお手紙は真摯そのものである。大震災に震撼されたことがツェランの読書へ繋がり得るか。この問題にこの場を借りて取り組み、杉本さんへの返事の責めを果たさせてもらう。

杉本さんはツェランの第二詩集『敷居から敷居へ』からまず詩「夜ごとゆがむ」を取る。この詩は高山に凍死体となって佇む死者たちを描いている。この死者たちはおそらく、ここまで「ぼく」が追ってきたかつての強制収容所の犠牲者たちだろうが、杉本さんは「〈それぞれがそれぞれの夜のもとに〉〈それぞれがそれぞれの死のもとに〉というときの〈それぞれ〉には、やはり震災の犠牲者たちが思い浮かびます」と言う。一から他を想うことは読者の自由である。むしろ、現実の一大事件がツェラン読書へ一読者を促したことを喜ぶべきだろう。

第二詩集から杉本さんが取り上げるもう一つの詩は、「入れ替わる鍵で」である。この詩では、まんなかに家があり、その中をいくつもの言葉が吹雪となって飛びかっている。この言葉は、「沈黙したまま口に出されずに終わった死者たちの言葉」である。まんなかの家を見守っている一人の人間がいる。この人間は傷ついていて、その傷の深浅によって、家の中に見える言葉たちの吹きすさび具合も違う。見守るこの人間はツェラン自身とも受け取れる。負った傷の深さの自覚次第で、死んだ者たちの言葉への理解度も深い。

さらに取り上げられているもう一つの詩は「沈黙からの証《あか》しだて」である。杉本さんは最初の手紙に「喪失や死などにともなう心の闇と対峙するツェランの圧倒的な言葉の力、自らの心の奥底を往復する言葉の力強さに打たれます」と書いている。この「心の闇」はツェランの詩の中では往々「夜闇」と書きしるされるもので、「沈黙からの証しだて」の中では、

おまえもこの夜闇にいま寄り添わせよ、

朝ともども明けそめようとする言葉を――

といった形であらわれている。
この詩行は、ナチスの時代のような夜闇を縫って来た言葉が、いったんは人びとの信用を失い力を失ったように見えながら、それでもなお死者への哀悼を通じて詩の言葉として新しくよみがえる、の意味である。
この詩行は詩全体の最後で次のように変奏してくり返される――

いったい言葉はどこで明けそめるというのか、
あふれでる涙の流域から立ち昇る朝日にそのみずみずしい苗を
幾度も幾度も
さししめす夜闇のそばのほかには？

「あふれでる涙」とは、死者を想って流す涙である。「みずみずしい苗」とはツェラン自身の詩のことだろう。死者を想って、他に遣り場のない気持ちのあまり必死に書かれるツェランの詩といっていい。「夜闇」とは、ここではまさしく杉本さんの言う「心の闇」である。今回の震災に即して言えば、この災禍の中で死亡したり、負傷したり、家族を失ったりした方がたの胸の内と言っていい。
願わくば読者諸賢もおのおの自由な立場からパウル・ツェランに接近せられんことを！

本書のカヴァーには故ジゼル・ツェラン＝レストランジュ夫人の銅版画を使用させていただいた。強制収容所の四散した死者の骨片を集め揃え整えて、無残な死から浄化され昇天することを祈った作品である。使用のご承諾をいただいたツェランのご子息のEric Celan氏と、この版画を収めた詩画集“Monde à quatre verbes”の詩人Jean Daive氏に感謝する。

本書の校正中に眼を患い、妻寿美子に助力を仰いだ。記して深く感謝する。

二〇一三年六月

飯吉光夫

パウル・ツェラン年譜

一九二〇年
十一月二十三日、旧ルーマニア領、現ウクライナ共和国内のチェルノヴィッツに生まれる。本名パウル・ペサハ・アンチェル。両親はユダヤ人。

一九三八年　十八歳
ギムナジウム（ドイツ語を話すユダヤ人生徒が大半を占めた）を卒業。十二月にフランスのトゥール大学医学部予科に入学。フランスに留学することは当時チェルノヴィッツの良家の子弟のよき慣習だった。

一九三九年　十九歳
七月、チェルノヴィッツに帰る。第二次世界大戦勃発によりトゥールに戻れず、十一月からチェルノヴィッツ大学でフランス文学を学ぶ。

一九四〇年　二十歳
ソ連軍がチェルノヴィッツ市に侵入、ソ連領となる。

一九四一年　二十一歳
七月、ドイツ・ルーマニア連合軍によるチェルノヴィッツ占領。ユダヤ人の強制連行が始まり、ツェランはユダヤ人ゲットーで強制労働に従事。しかし父親の請願により自宅に戻る。

一九四二年　二十二歳
六月、両親がトランスニストリア強制収容所に送られる。ツェランは逃走、ルーマニアの労働収容所生活。
秋、母親からの手紙で父親の死を知る。

一九四三年　二十三歳

母親が強制収容所で「うなじ撃ち」で殺されたことを知る。

チェルノヴィッツは再度ソ連領になる。

一九四四年　二十四歳

二月、チェルノヴィッツに帰還する。ローゼ・アウスレンダーと知り合う。

精神科の助手として働く。

秋、チェルノヴィッツ大学での学業再開。英文科でシェイクスピアを学ぶ。

一九四五年　二十五歳

四月、ルーマニアの首都ブカレストに移り、翻訳者・編集者として生活。

一九四七年　二十七歳

アルフレート・マルグル＝シュペルバーに認められる（一九四四年にすでに詩原稿を送っていた）。

五月、シオランが発行していた雑誌『アゴラ』に数篇の詩を発表。シュペルバーの妻の勧めで、本名アンチェルをひっくり返したツェランというペンネームを採用。

冬、オットー・バージル宛の紹介状を持ってウィーンに脱出する。食うや食わずの徒歩旅行だった。

一九四八年　二十八歳

ウィーンで最初の詩集『骨壺からの砂』を上梓したが、誤植が多かったために回収。

シュルレアリスムの画家のエドガー・ジュネと知り合い、彼の画集にエッセー『エドガー・ジュネと夢のまた夢』を書く。のち雑誌『ペスト記念碑《ソイレ》』に収録された。

インゲボルク・バッハマンと知り合い、恋愛関係に陥る。

七月、フランスへ旅行。パリに住む。ソルボンヌ大学でドイツ文学と言語学を学ぶ。

一九四九年　二十九歳

十一月、シュルレアリスムの詩人、イヴァン・ゴルを見舞う（ゴルは翌年二月に死去）。ゴルのフランス語作品の独訳を頼まれ、持ち帰ったが、のちにこれがゴル夫人とのゴル作品盗作騒ぎの原因となる。

散文詩「逆光」をチューリヒ紙『行為《タート》』に発表。

一九五〇年 **三十歳**

ソルボンヌ大学卒業。文学士号を取得。翻訳者、文筆家となる。

一九五二年 **三十二歳**

第一詩集『罌粟《けし》と記憶』刊行。

五月、バルト海沿岸ニーンドルフでの「四七年グループ」集会で朗読。

十二月、版画家ジゼル・レストランジュと結婚。

一九五三年 **三十三歳**

十月、長男フランソワ、生後まもなく死亡。

一九五五年 **三十五歳**

第二詩集『敷居から敷居へ』刊行。

六月、次男エリック誕生。七月、フランス国籍を得る。

一九五六年 **三十六歳**

記録映画『夜と霧』がドイツで上映され、ドイツ語訳を担当。

この年から四年間パリに住んだギュンター・グラスとたびたび会う。

一九五八年 **三十八歳**

一月、ハンザ自由都市ブレーメン文学賞を受賞。

ランボー『酔いどれ船』などを翻訳刊行。

一九五九年 **三十九歳**

第三詩集『ことばの格子』刊行。

七月、エンガディン地方のシルス・バゼルジアに滞在。ここで会う予定があったが会えなかったアドルノとの架空の対話を短篇「山中の対話」に書く。

エコール・ノルマル・シュペリウールのドイツ文学講師になる。

マンデリシュタームの詩集などを翻訳刊行。

一九六〇年 **四十歳**

五月、ゴル夫人の対ツェラン剽窃攻撃開始。アドルノとフランクフルトで会う。チューリヒでネリー・ザックスと会う（六月にザックスがパリのツェラン宅を訪問）。

九月、マルティン・ブーバーと会う。

十月、ゲオルク・ビューヒナー賞受賞。受賞講演「子午線」を行なう。

ヴァレリー『若きパルク』を翻訳刊行。

一九六一年　四十一歳

秋、重度の精神障害になる。

エセーニン『詩集』などを翻訳刊行。

一九六二年　四十二歳

十二月末から精神病院に入院。以後、晩年まで入退院を繰り返す。

一九六三年　四十三歳

フランツ・ヴルムと知り合う。

第四詩集『誰でもないものの薔薇』刊行。

一九六五年　四十五歳

九月、妻ジゼルのエッチング八葉を収めた第一詩画集《息の結晶》刊行。

十一月、妻ジゼルをナイフで襲う不祥事があり、強制入院。

一九六六年　四十六歳

四月、パリのゲーテ・インスティトゥートで詩画集《息の結晶》展。

六月まで複数の病院に入院。

十月、アンリ・ミショーの翻訳詩集を刊行。

一九六七年　四十七歳

第五詩集『息のめぐらし』刊行。

一月、ナイフで自分の胸を突き、自殺をはかるが、心臓を外れて未遂。病院で緊急手術による治療。二月〜五月、精神病院に入院。

七月、フライブルク大学での朗読会。ハイデガーが訪ねて来、翌日彼の山荘に招かれる。

九月、テシーンのフランツ・ヴルム宅に滞在。

十一月、ツェランは家族と離れ、パリのトルタフォール街二十四番地の家具つき一部屋住居に移る。

十二月、ペーター・ソンディの招きにより西ベルリンで朗読会。

シェイクスピアの翻訳詩集『二十一のソネット』刊行。

一九六八年　四十八歳

第六詩集『糸の太陽たち』刊行。

夏、ボンヌフォワ、デュ・ブーシェ、デ・フォレ、ピコン、デュパン編集の同人誌『レフェメール』の同人となる。

シュペルヴィエル、デュ・ブーシェ、ウンガレッティの翻訳書を刊行。

十一月～翌年一月、精神的危機のため入院。

一九六九年　**四十九歳**

復活祭、ロンドンの叔母宅を訪問。

第二詩画集《闇の通行税》刊行。

九月末、旧友の招きでイスラエルにはじめて旅行。十七日間滞在。

十一月、妻ジゼルが購入したエミール・ゾラ大通り六番地の家具なしの住居に引っ越す。

一九七〇年　**五十歳**

三月、フランツ・ヴルムのパリ滞在。ペーター・ソンディと会う。シュトゥットガルトでの朗読会。テュービンゲン滞在。フライブルクでの二度の朗読会（ハイデガー出席）。

四月十六日、息子エリックと最後に会う。

四月十九日夜、セーヌ川のミラボー橋から投身自殺。

五月一日、遺体発見。

七月、第七詩集『迫る光』刊行。

一九七一年

第八詩集『雪の区域《パート》』刊行。

一九七六年

第九詩集『時の農家の中庭』刊行。

一九九一年

十二月九日、妻ジゼル死去。遺児エリック・ツェラン。

（飯吉光夫編）

著訳書一覧（ツェラン関連）

●編訳書

『迫る光――パウル・ツェラン詩集』飯吉光夫訳（思潮社、1972年／新装版1984年）
『死のフーガ――パウル・ツェラン詩集』飯吉光夫訳（思潮社、1972年／『パウル・ツェラン詩集』に改題・新装版1975年、同1984年）
『雪の区域《パート》』飯吉光夫訳（静地社、1985年）
『パウル・ツェラン詩論集』飯吉光夫訳（静地社、1986年）
『罌粟《けし》と記憶』飯吉光夫訳（静地社、1989年）
『誰でもないものの薔薇』飯吉光夫訳（静地社、1990年）
『閾《しきい》から閾《しきい》へ――パウル・ツェラン詩集』飯吉光夫訳（思潮社、1990年）
『ことばの格子』飯吉光夫訳（書肆山田、1990年）
『パウル・ツェラン詩集』飯吉光夫編訳（思潮社、1992年）
『息のめぐらし』飯吉光夫訳（静地社、1992年）
『パウル・ツェラン詩集』（双書・20世紀の詩人）飯吉光夫編訳（小沢書店、1993年）
『パウル・ツェラン／ネリー・ザックス「往復書簡」』飯吉光夫訳（青磁ビブロス、1996年）
『絲の太陽たち――パウル・ツェラン詩集』飯吉光夫訳（ビブロス、1997年）
『遺稿からの詩篇』ベルトラン・バディウ、ジャン＝クロード・ランバッハ、バルバラ・ヴィーデマン編、飯吉光夫訳（ビブロス、2000年）
『パウル・ツェラン詩文集』飯吉光夫編訳（白水社、2012年）

●著書

『パウル・ツェラン』（小沢書店、1977年／新装版1983年、同1990年）
『傷ついた記憶――ベルリン、パリの作家』（筑摩書房、1986年）

※翻訳書刊行後、『閾から閾へ』は『敷居から敷居へ』、『絲の太陽たち』は『糸の太陽たち』に、タイトルの表記を改めた。

初出一覧

第一章　亡きパウル・ツェランへ

亡きパウル・ツェランへ＊　「ユリイカ」1970年11月号

Ichの闇へ＊　「現代詩手帖」1970年10月号

ツェラン素描＊　『死のフーガ――パウル・ツェラン詩集』（思潮社）1972年9月刊　あとがき

苛酷な境遇　「ユリイカ」1975年10月号

ツェランの墓＊　「日本読書新聞」1975年5月12日号

第二章　狂気と錯乱することば

飛ぶ石・石たちのまなざし＊　「國學院大學新聞」1966年10月10日号

砕かれたことばから＊　「Walpurgis '67」（國學院大學外国語研究室紀要）1967年6月

苦しみの空への飛翔――『誰でもないものの薔薇』＊　「東京都立大学人文学報」第65号、1968年3月

狂気の光学の下の……＊　「ユリイカ」1970年1月号

ツェランのEROSと死――『絲の太陽たち』　『絲の太陽たち』（ビブロス）1997年11月刊　折込み栞

第三章　傷を負った作家たち

罌粟と記憶――ドイツ四七年グループの詩人たち　「現代詩手帖」1969年2月号

ツェランとその周辺の芸術家たち――ひとつの想い出＊　「芸術生活」1971年3月号

ネルヴァルとツェラン　「カイエ」1979年2月号

ドイツ戦後文学への誘い　「聖教新聞」1986年12月6日

迫りくるもの――十九世紀の劇作家ビューヒナー＊　「文芸」1970年10月号

フランツ・ヴルムとの往復書簡　「朝日新聞」1995年8月28日夕刊

第四章　ツェランと三人の女性たち

詩と絵の出会い――ツェラン夫人の死に寄せて
「朝日新聞」1992 年 3 月 11 日
ツェラン未亡人の死　「中央公論文芸特集」春季号 1992 年 3 月
版画家、ジゼル・ツェラン＝レストランジュの死
「毎日新聞」1992 年 3 月 16 日
ツェランの友人ジャン・デーヴの回想録
「図書新聞」2009 年 9 月 19 日 第 2934 号
〈亡きものたち〉への祈り――ネリー・ザックスへ＊
「都立大学人文学報」第 72 号、1969 年 3 月
詩人ザックスの書簡集　「朝日新聞」1984 年 8 月 27 日
パウル・ツェランとネリー・ザックス
『パウル・ツェラン／ネリー・ザックス「往復書簡」』（青磁ビブロス）1969 年 11 月刊 あとがき
パウル・ツェランとネリー・ザックスの往復書簡
「季刊 読書のいずみ」1996 年 12 月冬季号
ツェランのスキャンダル――『バッハマン／ツェラン「往復書簡」』をめぐって
「現代詩手帖」2011 年 9 月号、10 月号

第五章　ツェラン資料室

パウル・ツェラン資料室　「毎日新聞」1990 年 5 月 7 日夕刊
未発表詩稿の発見　「読売新聞」1991 年 8 月 31 日夕刊
強制収容所の体験　「聖教新聞」1998 年 1 月 13 日
ツェランの精神病について　書き下ろし

第六章　大災害のあとで

詩人たちの「沈黙」　「産経新聞」1995 年 9 月 29 日夕刊
東日本大震災とツェランの詩　書き下ろし

＊は『パウル・ツェラン』（小沢書店、1977 年）に収録。
本書収録にあたり、タイトルを変更したものもある。

著者略歴

一九三五年旧満州奉天生まれ。五九年東京大学独文科卒。六二年同大学院修士課程修了。七三～七四年ベルリン・パリに滞在。首都大学東京名誉教授。

一九六四年からツェラン作品の翻訳を手がけ、ツェラン夫人や子息とも交流。日本の読者に名訳で作品を紹介しつづけてきた、ツェラン研究の第一人者。

主要著書：『パウル・ツェラン』（小沢書店）、『傷ついた記憶――ベルリン、パリの作家』（筑摩書房）

主要訳書：ツェラン『罌粟と記憶』（静地社）、『閾から閾へ』（思潮社）、『ことばの格子』（書肆山田）、『誰でもないものの薔薇』（静地社）、『息のめぐらし』（静地社）、『絲の太陽たち』（ビブロス）、『迫る光』（思潮社）、『雪の区域』（静地社）、『パウル・ツェラン／ネリー・ザックス往復書簡』（青磁ビブロス）、『パウル・ツェラン詩文集』（白水社）

グラス『ギュンター・グラス詩集』（青土社）、『僕の緑の芝生』（小沢書店）、『本を読まない人への贈り物』（西村書店）、P・ヴァイス『敗れた者たち』（筑摩書房）、アンドレーアス＝フリードリヒ『舞台・ベルリン――占領下のドイツ日記』（朝日選書）、R・ヴァルザー『ヴァルザーの詩と小品』（みすず書房）、F・トールベルク『騎手マテオの最後の騎乗』（集英社）

パウル・ツェラン
ことばの光跡

二〇一三年 七 月二〇日 印刷
二〇一三年 八 月一〇日 発行

著　者 © 飯《いい》吉《よし》光《みつ》夫《お》
発行者 及　川　直　志
印刷所 株式会社 精　興　社
発行所 株式会社 白　水　社

東京都千代田区神田小川町三の二四
電話 営業部〇三（三二九一）七八一一
編集部〇三（三二九一）七八二一
振替 〇〇一九〇‐五‐三三二二八
郵便番号 一〇一‐〇〇五二
http://www.hakusuisha.co.jp

乱丁・落丁本は、送料小社負担にてお取り替えいたします。

誠製本株式会社

ISBN978-4-560-08294-2

Printed in Japan

パウル・ツェラン詩文集

飯吉光夫 編訳

「もろもろの喪失のなかで、ただ〝言葉〟だけが、失われていないものとして残りました」。未曾有の破壊と喪失の時代を生き抜き、言葉だけを信じつづけた二〇世紀ドイツ最高の詩人の代表詩篇と全詩論。改訳決定版。